一身上の都合で（悪辣）侯爵様の契約メイドになりました

深見アキ

B's-LOG BUNKO
ビーズログ文庫

イラスト／鈴ノ助

Contents

序章 6

一章 再会は小切手と共に 9

二章 グランシア侯爵邸 47

三章 新米メイドの受難 71

四章 デートは休日手当付き？ 108

五章 花と蜜蜂 151

六章 王太子殿下の飼い犬たち 185

七章 あばかれるもの 208

終章 228

あとがき 248

一身上の都合で
（悪辣）侯爵様の契約メイドになりました
登場人物紹介
ジェラルド・グランシア
グランシア侯爵家の若き当主。
没落寸前の
グランシア侯爵家を立て直し、
まわりからもその手腕を買われている。
学生時代は『ジェラルド・フィリー』と
身分を偽ってルルと同じ
学校に通っていた。
ルル・エインワーズ
エインワーズ商会の娘。
商会の借金を
ジェラルドに立て替えてもらったが、
その代わりに侯爵家でメイドとして
仕えることを命じられてしまい!?

オリアン

ハリエットと仲がよい
侯爵家の家政女中《ハウスメイド》。
おっとりした性格。

ハリエット

侯爵家の家政女中《ハウスメイド》。
当主であるジェラルドの
ことをとても敬愛している。

ロイ・コールドスミス

コールドスミス商会の後継者。
ルルの同級生で、
学生時代からルルのことが
気になっていた。

アンソニー

ジェラルドの従者。淡泊な性格で
まわりに関心を示さないが
仕事は完璧にこなす。

セオドア・C・ウィスタリア

ウィスタリア王国の王太子。その美貌と有能さから
周囲にパーフェクトプリンスと呼ばれている。

序章

「どうした？　震《ふる》えているぞ」

隣《となり》に座るジェラルドの酷薄《こくはく》な声に、ルルはびくりと身をすくませた。

外は宵闇《よいやみ》。ランプを灯《とも》しただけの室内は、つい今しがたまで彼が飲んでいたシェリー酒の香りが甘く立ち込めている。

身体《からだ》が沈《しず》み込むほど柔《やわ》らかいソファで、肩《かた》が触《ふ》れ合《あ》いそうな距離《きょり》で座る男女《わたしたち》。

ジェラルドの方はボタンをひとつふたつ外したしどけない姿で、湯を浴びて少ししっとりと濡《ぬ》れた銀髪《ぎんぱつ》が艶《なま》めかしい。ランプの仄《ほの》かな明かりが彼の整った顔に複雑な陰影《いんえい》を落とし、性格を知っているはずのルルでさえ目を逸《そ》らしてしまうほどの色気があった。

対するルルは、レースがふんだんに使われた些《いささ》か装飾《そうしょく》過多なお仕着せ姿だ。仕事中なので長いアプリコット色の髪《かみ》もきちんと結《ゆ》ってある。

エプロンの上で握《にぎ》りしめていたルルの手にジェラルドが自分の手を重ねた。

青い瞳《ひとみ》を細め、低い声でルルの耳元で囁《ささや》く。

「今さら怖気《おじけ》づいたのか？　『欲《ほ》しい』と言ったのはお前の方だろう。やりたくないのなら俺は別に構わないが……」

「や、やるわよ！　やればいいんでしょ。わかっているわよ」

ぞわっとしそうなほど扇情的《せんじょうてき》な声を断《た》ち切《き》るように言い返す。

「やればいい？　喜んでやらせていただきますの間違《まちが》いだろ」

「……喜んでやらせていただきます！」

「良い意気込《いきご》みだな。……ほら、来いよ」

ジェラルドが両腕《りょううで》を広げる。

わざとらしいほど熱っぽく見つめられ、ルルはやけくそになって腕に飛び込んだ。首に腕を回し、胸に顔を埋《う》め、羞恥《しゅうち》に震える身体を叱咤《しった》して声を絞《しぼ》り出《だ》す。

「ジェ、ジェラルド様っ、とっても素敵ですぅ～……」

「……………は？」

決死の覚悟《かくご》で発した言葉に返ってきたのは実に冷ややかな声だった。

次いで長い長い溜息《ためいき》と宣告。

「減給」

「なんで！」

「俺を誘惑《ゆうわく》できたらボーナスを出してやると言ったが、……ひどすぎる演技力だな。やる気が何も感じられない」

「なんで減給なのよ！　ボーナスは⁉」

「今ので出すわけないだろ。むしろ借金に加算したい」

「はぁっ⁉　じゃ、ただの恥《はじ》のかき損……っ」

「不満なら、もう一度やり直すか？　それとも」

にんまり笑ったジェラルドがルルの顎《あご》に手をかける。

「手本が必要か？」

キスされるのかと思って大慌《おおあわ》てで飛びのいた。そんな反応を小馬鹿にするように笑われ、くっ、と歯嚙《はが》みしたルルは、今すぐにこの男の顔を張《は》り倒《たお》して出ていきたい衝動《しょうどう》と戦う。

ああ、もう！　この偉《えら》そうな笑い方も、きらきらした銀髪も、女である自分よりも整いすぎている顔も何もかもが憎《にく》たらしい！

……そもそも、どうして嫌《きら》いな男に媚《こ》びを売る羽目になったのか。

事のはじまりは一週間前。借金取りに囲まれていたところをこの俺様に助けてもらったことから、ルルの受難は始まった。

一章　再会は小切手と共に

（やばい）

下町の蓮《はす》っ葉《ぱ》な娘《むすめ》みたいな言葉を内心で呟《つぶや》きながら、十六歳のルル・エインワーズは曲がり角の塀《へい》にへばりついて悲嘆《ひたん》にくれた。

何がどうやばいって、ルルの自宅であるエインワーズ商会の周囲がガラの悪い男たちによって包囲されているのだ。顔と髪《かみ》を覆《おお》い隠《かく》している変装用のスカーフをしっかりと押さえたまま、物陰《ものかげ》からそーっと顔を出す。

「昨日よりも人数が増えてる……！」

ルルが視線を向けている先は、通称《つうしょう》〈職人通り〉と呼ばれている大通りだ。

ここはウィスタリア王国の王都・七番街のメインストリートであり、道の両脇《りょうわき》には三階から四階建ての建物が立ち並んでいる。どの建物も一階と二階は専門店、上階は住居として使われており、この通りに店を構えることは商家にとってステイタスでもあった。

その中でも、ひときわ広い敷地《しきち》を有している立派な建物が『エインワーズ商会』。

ルルの自宅であり高級家具店として名高い商会は、現在、木製鎧戸《シャッター》が下ろされ、営業中でないことを示している。だというのに、店先には複数人の男がたむろし、鎧戸《よろいど》をガンガンと叩《たた》いていた。

「おーい、エインワーズさんよぉ。隠れてないで出てきてもらわねえと困るなあ。ウチが貸した一千万ガロン、準備できてんだろうなあ⁉」

(ひえっ!)

離《はな》れているというのに、胴間声《どうまごえ》に身を竦《すく》ませてしまう。

仲間の男たちからも「出てこいや!」「金返せ!」の大合唱。

まだ昼間だというのに付近からはさーっと人がいなくなり、エインワーズ家と隣《とな》り合《あ》っている商会は関わり合いになりたくないと言わんばかりに営業終了《しゅうりょう》の札をかけた。

「返済の期日は明日だぞ! わかってんのか!」

「隠れてないで出てこい!」

(わ、わかってるわよ! 返せるならとっくに返してるわよっ!)

催促《さいそく》の声を背に、ルルはその場から逃《に》げ出《だ》した。

向かった先は街外れにあるアトリエだ。『銀行差し押さえ物件』の立て看板を無視し、こそこそと鍵《かぎ》を開けて中に入る。スカーフを外して「ああああ……」と勢いよくしゃがみ込むと、長いアプリコット色の髪が一拍遅《いっぱくおく》れてふんわりと広がった。

「どうしよう。父様たちから連絡《れんらく》は来ないし、借金取りたちは増え続ける一方だし、今日も銀行からは出資を断られるしーっ……」

　悶絶《もんぜつ》して、深呼吸。

　騒《さわ》いだところで返事をしてくれる人間はこの部屋にはいない。エインワーズ家は現在一家離散《りさん》中で、娘のルルは数日前からこのアトリエに避難《ひなん》していた。

　慣れ親しんだ木の匂《にお》いが心を落ち着かせる。

　ここはエインワーズ商会と契約《けいやく》した木工職人たちが使っていた場所だった。新しい木材はもうずっと仕入れていないというのに、建物全体に木の匂いが濃《こ》く染《し》みついている。

（ほんの一、二年前まで、このアトリエは職人たちで賑《にぎ》わっていたっていうのに……）

　作業台には誰《だれ》かが座り、窓から入る太陽の光が木屑《きくず》の舞《ま》うさまを浮《う》かび上《あ》がらせ、「こんなむさ苦しいところに花なんか植えられても誰も世話しねえよ」と言いながらも、外に置かれたプランターに水をやってくれる人たちがいた。

　隅《すみ》に寄せられた木材や工具はすっかり埃《ほこり》を被《かぶ》っており、どこか物悲しい雰囲気《ふんいき》を漂《ただよ》わせている。

「……堕《お》ちたものよね、エインワーズ商会も……」

　かつての日々を思いながらルルは溜息《ためいき》をついた。

　エインワーズ商会のはじまりは、産業革命が起きた祖父の時代。

多くの職人たちが機械に仕事を奪《うば》われ、市場は安価な量産品で溢《あふ》れ返ってしまった時代だ。祖父は逆転の発想で、「機械には真似《まね》できない」「職人の手仕事」を売りにした、敢《あ》えて価格設定を上げたこだわりの品物を売ることに注力した。

たとえば、華《はな》やかな彫刻《ちょうこく》を施《ほどこ》した木製家具。
たとえば、ステンドグラスの技法を使ったキャビネット。
たとえば、絵画のような緻密《ちみつ》な模様が織り込まれたタペストリー。

家具のみならず、壁紙《かべがみ》や調度品、内装すべてのオーダーメイドも承《うけたまわ》ると、美しい品々は量産型の家具とは一線を画し、貴族たちを虜《とりこ》にした。

エインワーズのアトリエは地方にも作られ、絵画、彫金《ちょうきん》、木工と、雇用《こよう》契約を結んだあらゆるジャンルの職人たちが誇《ほこ》らしげに働いていた。

幼い頃《ころ》から亡《な》き祖父や父、職人たちの姿を見ていたルルが、いつしか自分のデザインした家具を商品化したいという夢を持つのは当然の流れだ。十歳の頃には既《すで》にアイデアノートをつけはじめ、実際にルルの意見を取り入れてもらえることもあった。

——自分の頭の中で思《おも》い描《えが》いていたものが実際に形になる楽しさと言ったら！

跡継《あとつ》ぎには弟がいるため、娘のルルはいずれどこかに嫁《とつ》ぐ身だ。

けれど、せめて家を出ていく日までは商会の仕事に携《たずさ》わっていたい。自分のデザインした家具を一つでも多く世に出したい——っていうかなんならいっそ、職人の誰かと結婚《けっこん》するのもありかも？　そうしたら家業に関わっていられるし……。

そんなぼんやりとした将来設計を描きながら、十五歳で学校を卒業した後は本格的に家業の手伝いをするつもりでいた。その矢先。

我が家にとんでもない赤字が発覚したのだ。

祖父が亡くなって以降、ここ数年の業績は落ち込み気味だった。良《い》いものは安価で似た品が生まれるものだし、鉄道が敷《し》かれ、外国から目新しい品がどんどん入ってくるようになると、どうしても売れ行きは悪くなる。徐々《じょじょ》に赤字は膨《ふく》れ上がり、ついには銀行から借りた金だけではその時契約していた職人たちの給料を払《はら》えない事態になった。

その時に父がどこかから金を借りてきたのだが……、まさか借りた三百万を一千万にして取り立ててくるような闇金《やみきん》だったなんて、善良な市民の誰が思うだろうか！

この一年間、売れる範囲《はんい》で家財を売り、土地を担保にして金を借り、ちまちま清算してお茶を濁《にご》してきたのだが、払っても払っても利子分として吸収されてしまう。

ついには、借金取りたちは返せるはずもない期日を強引《ごういん》に設定して押しつけてきた。

その期日は明日に迫《せま》っている。

現在、父は王都から馬車で三日ほど西に走った先にあるガラス職人の工房《こうぼう》に出向中。

そこで開発中のとあるガラス製品は、完成した暁《あかつき》には出資してくれた貴族が高額で契約を結んでくれることが決まっているのだ。うまくいけば借金返済のためのまとまった額のお金が手に入るだけではなく、商会を立て直せるヒット商品になってくれるかもしれない。

母は元顧客《こきゃく》の貴族の領地に出向き、出資をしてくれないかと回っていた。

四つ年下の弟は、家の問題で勉学に集中できなくなってしまってはいけないと学生寮《りょう》に入ってもらっている。

両親が不在になる間、ルルは王都に残り、雇《やと》っていた経理担当者と共に王都で金の工面ができないか奔走《ほんそう》するつもりでいた——のだが。連日のように訪《おとず》れる借金取りたちの対応に嫌気《いやけ》が差したのか、経理担当者は両親が王都からいなくなった早々に辞表を置いて逃げていってしまった。

おかげで借金取りへの対応は、ルル一人が逃げ回る羽目になっている。十六歳の小娘《こむすめ》が相手では銀行もけんもほろろな対応だ。だったら！　と働こうとしても「うちの店に借金取りが押しかけてきちゃ困るんで……」とあちこちの店から断られる始末。知人や友人相手にしつこく金の無心をするわけにもいかない。……手詰《てづ》まりだった。

父が契約を結べなければ、あるいは母が資金調達に失敗すれば、――エインワーズ家は商会兼《けん》自宅、土地、商品の特許、すべてを手放すことになる。

商会再建の望みは完全に断《た》たれ、王都から逃げ出すことになるだろう。

「……ううん。まだあきらめちゃだめよ。父様と母様の知らせを待とう」

ルルだってできることなら商会を潰《つぶ》したくない。家族で仲良く経営してきた店だ。幼い頃からの思い出だってたくさん詰《つ》まっている。

（この商会を守るために、最悪の場合はわたしが身売りするとか、もしくはお金持ちのおじさんの愛人になるとか……って考えたりすることもあったけど）

それでは本末転倒《ほんまつてんとう》な気がする。

ルルが心と身体《からだ》をすり減らしたって家族の誰も幸せにならない。ルルだって、ただ金を稼《かせ》ぎたいわけではなくて商会の仕事がしたいのだ。

「空からぽーんと一千万が落ちてきたりしないかしら。なーんちゃってね……」

明日、もう一度銀行に頭を下げに行ってみよう。

落ち込む自分に喝《かつ》を入れるため、両頰《りょうほお》をぱしんと叩いて気合を入れた。

そして迎《むか》えた翌日。

ルルは落ち着かない気持ちを持て余すように街を彷徨《さまよ》っていた。

銀行からは再三にわたる門前払《もんぜんばら》いを食らい、自宅は相変わらず借金取りたちに見張られているようで出入りはできない。

ぴゅう、と飛んできたチラシが顔に張りつく。

『オーダーメイドの家具はコールドスミス商会へ！』――エインワーズ家が赤字に落ち込んでいくのと入《い》れ替《か》わりに頭角を現したライバル商会のチラシだった。業績良さそうで羨《うらや》ましいわね……とちょっぴり妬《ねた》んでしまう。

（父様からも母様からも連絡が来ない……。どうなったのかしら、それとも何かあったのかしら）

不安に思いながら連絡を待ち、空が茜色《あかねいろ》に染まる頃――ようやく家族間の連絡に使っている鷹《たか》の姿が現れてほっとした。

「どうか良い知らせでありますように！」

急《せ》いた手つきで手紙を開く。

ギリギリまで待ったのだ。きっとお金が調達できたに違《ちが》いない。祈《いの》るような気持ちで父からの文面を読んだルルだったが、いくばくもしないうちに表情を失った。

『先ほど、ダミアン伯爵《はくしゃく》から契約の話は破棄《はき》したいとの申し出があった。私と母さんは王都へ向かっている途中《とちゅう》だ。ルルはトーマスを迎えに行ってやってくれ。こんな結果になってしまって本当に不甲斐《ふがい》ない』

荒《あら》い筆跡《ひっせき》で書かれていたのは、ガラス職人の工房に出資してくれている貴族からの契約破棄。エインワーズ商会はもうおしまいだという決定打だった。

（……覚悟《かくご》していたことじゃない）

泣きそうになったルルは唇《くちびる》を噛《か》みしめて堪《こら》える。

今からやることは二つ。

早急《さっきゅう》に弟の退学手続きを取ること。そして、両親が帰ってくるまでの間、借金取りたちに捕《つか》まらないように潜伏《せんぷく》先を考えることだ。

ここでめそめそと泣いている暇《ひま》なんかない。

お腹《なか》に力を入れる。大丈夫《だいじょうぶ》。しっかりしなくちゃ。行かなくちゃ。

足早に歩き出したルルだったが――

「よう、エインワーズの嬢《じょう》ちゃん。探したぜ」

（ぎゃっ！）

道中、物陰からぞろぞろと借金取りたちが現れ、ルルは飛び上がってしまった。

（エインワーズ商会の前に大勢集まっていたから、街中にはいないと思ったのに！）

即座《そくざ》に回れ右をしようとするが素早《すばや》く取り囲まれてしまう。

「いやあ、会えて良かったよ。俺たちさぁ、おたくのパパと話がしたいんだけど……、いったいどこに行っちゃったのかなあ？」

親しげな声を出す借金取りたちは明らかにこちらをからかっていた。若い娘相手だから舐《な》められているのだ。ルルは気丈《きじょう》に振《ふ》る舞おうと努力する。

「ち、父は今、王都外にいて、もうすぐ戻《もど》ってくることになっています」

「そっかそっか～。でも今日には帰ってくるんだよね？　何度も何度も延長してやった借金返済の期日は今日だもんね？」

肩《かた》を抱《だ》かれ、ずしりと体重をかけられた。

これはまずい。逃げられない……。

「お……、お願いです。どうか、あと数日待ってもらえませんか」

冷《ひ》や汗《あせ》をだらだらかきながらの精一杯《せいいっぱい》の懇願《こんがん》に、どっと笑い声が弾《はじ》けた。

「おいおい、お嬢ちゃん。家具屋なんだから納品日はちゃーんと守らねえと。……それともなんだ？　踏《ふ》み倒《たお》して逃げる気か？」

「そんなつもりはありません！　ちゃんと返しますっ」

「おお、いい覚悟じゃねえか」

「……だったら、どうやって金を返したらいいかわかるよな？」

男たちはにやにや笑いながらルルの顔や身体を眺《なが》めまわした。

「嬢ちゃんにぴったりのいい仕事があるんだ。紹介《しょうかい》してやるよ」

「家族のために一肌脱《ひとはだぬ》いで頑張《がんば》りなよ。あんた、なかなか可愛《かわい》い顔だし、頑張れば一日で五万ガロンくらい稼げるんじゃないか？」

（こ、これ、確実に娼館《しょうかん》に売り飛ばされる流れだ――ッ！）

闇金から紹介される仕事が真っ当なものであるはずがない。真っ青になったルルはぶんぶんと首を振った。

「お金はちゃんと返しますっ、返しますから！」

「もう待てねえなあ」

「本当に、あと数日待ってもらえればっ」

「ごちゃごちゃ言ってねえで、とっととこっちに来い！」

無理矢理どこかへ連れて行かれそうになってしまう。

（どうしてわたし一人がこんな目に……、いや、『わたしのことはいいから商品やお金のことに集中して』って父様と母様に頼《たの》んだのはわたしだった。っていうか経理の奴《やつ》、うら若き乙女《おとめ》を置き去りにして何逃げ出してるのよ！　あああ、貞操《ていそう》の危機！　なんとかしてここから逃げなくちゃ――）

必死に抵抗《ていこう》し、恥《はじ》も外聞もなく「誰か助けて！」と叫《さけ》んでいると。

「――何をしているんだ」

通りすがりと思《おぼ》しき誰かが、借金取りたちを押しのけてルルの身体を抱き寄せた。

ルルが声の主の顔を確認《かくにん》するよりも早く、頭を胸に押しつけるようにして庇《かば》われる。

若い男だ。浮《うわ》ついたところのない堂々とした声に、細身だがしっかりとした筋肉質の胸。

突如《とつじょ》現れた頼《たよ》りがいのありそうな人物に庇われたルルは安堵《あんど》しそうになった。しかし、
その人物は呆《あき》れたように溜息をつく。

「ったく、久しぶりに王都に戻ってきたと思ったら、商会は閉まってるわ、お前は行方《ゆくえ》不明になっているわ……、いったいこんなところで何をやってるんだ」

（え？）

この人、わたしの知り合い……？

顔を上げる。

そこにいたのはガラス細工のような澄《す》んだ青の瞳《ひとみ》に、夕日に照らされて茜色に染まっている銀の髪を持った青年だった。まるで物語の中から出てきた王子様のような、いかにも

高貴な人間ですと言わんばかりの美しい容貌《ようぼう》に、思わずルルも頰《ほお》を染めかける。

だが、くっと片頰《かたほお》を上げて笑った顔を見た途端《とたん》、ときめいた気持ちは一気に霧散《むさん》して消えた。

「久しぶりだな、ルル。六年ぶりか？」

その、人を斜《なな》めに見下したような顔に見覚えが――ある。

銀髪《ぎんぱつ》の知り合いなんて、ルルの人生の中でも後にも先にもたった一人しかいない。

生意気そうな昔の面影《おもかげ》を残しながらも、すっかり精悍《せいかん》な大人の男に成長していた相手を信じられないような気持ちで見つめた。記憶《きおく》が正しければ、この男は今、十九歳になっているはずだ。

「……嘘《うそ》でしょ。まさかあんた、ジェ」

「おいおい兄ちゃん！　急に現れてなんのつもりだよ！」

ルルが口を開く前に借金取りたちが声を荒らげた。

「嬢ちゃんのコイビトか？　兄ちゃんが代わりに一千万払ってくれんのかぁ？」

借金取りたちがゲラゲラ笑う。侮蔑《ぶべつ》を含《ふく》んだ笑い声を受けた男は、気分を害したように低く呟いた。

「……恋人《こいびと》、だと？」

「っ、こ、この人はなんの関係もないわ！」

咄嗟《とっさ》に庇う。

なのに、ルルの肩を抱いたこの男は何を思ったのかキリッとした顔で宣言した。

「恋人じゃない。将来を誓《ちか》い合った仲だ」

「は……!?　ちょっと何言っ」

「お〜。だったら、将来のヨメのために金くらい払ってくれるよなぁ」

「いいだろう」

「よくないわよ!!」

ルルを無視して話が進んでいってしまう。

「アンソニー」

青年が誰かの名前を口にする。すると、いったいいつからいたのか、影《かげ》のように控《ひか》えていた黒服の男性が音もなく側《そば》に寄った。黒服は二十代半ばくらいに見えるが、従者と呼ぶにふさわしい恭《うやうや》しい態度で台帳とペンを差し出す。

受け取った青年はそこに流れるようなサインを入れた。

「見ての通り、俺たちは感動の再会の真っ最中だ。これを持ってさっさと失《う》せろ」

「はあ？　なんなんだテメェ、偉《えら》そうに。いきなり現れて何言って……」

台帳から破かれた紙を受け取ったリーダー格の男が目を見開く。

他の男たちも紙切れを見た瞬間《しゅんかん》、ひゅっと息を飲んだ。

青年は冷たく凄《すご》んだ。

「……さっさと失せろと言ったのが聞こえなかったのか？　それとも、お前たちがもしもこれ以上この女につきまとうつもりなら容赦《ようしゃ》はしない。この王都にいられなくしてやることだってできるが――」

「あ、いや！　俺たちは金さえ払っていただければそれで！」

「ど、どうもすみませんでした！」

借金取りたちは急に低姿勢になり、逃げるように去っていってしまう。

露骨《ろこつ》な態度の豹変《ひょうへん》ぶりにルルは慌《あわ》てた。

「え？　ちょっと⁉　あ、あんた、今、あいつらに何渡《わた》したの⁉」

「一千万ガロンの小切手」

「はああああっ⁉」

青年の返答に大声を上げてしまう。

アンソニーと呼ばれていた従者から小切手の写しを奪い取る。確かに一千万ガロンの金額と、支払《しはら》い主のサインが書いてあった。

――グランシア侯爵《こうしゃく》領領主、ジェラルド・グランシア。

侯爵。

……ルルが知っている男の名前は、ただの『ジェラルド・フィリー』だった。

仰々《ぎょうぎょう》しい肩書《かたが》きも立派な格好も何もない、腹が立つほど生意気で俺様な、同じ学校に通う少年だった。

苦い思い出が胸に蘇《よみがえ》る。

「……何年か前の新聞で、あなたの名前を見たわ」

「新聞？　ああ、父が亡くなった時のやつか」

ジェラルドは特に感慨《かんがい》なさげに呟く。

侯爵相手にこんな生意気な口をきくなんて本来は許されないことだ。けれどルルは昔のままの口調で話してしまう。

「侯爵家の息子《むすこ》なのに、どうして庶民《しょみん》の学校なんかにいたの？」

「事情があったんだ」

「事情って何よ。……いいえ、今はこんな話よりもお金のことよね」

この男はエインワーズ家の借金をたった今、全額支払ってしまったのだ。昔のわだかまりは脇《わき》に置き、ルルは頭を下げた。

「助けてくれて本当にありがとう。出してくれたお金は、……その、すぐには難しいけど、きちんと返します」

きっと、ジェラルドは昔馴染《むかしなじ》みの現状に見かねて金を貸してくれたのだろう。

この男との関係は決して良いものとは言えなかった。しかし、あのままだったらルルは娼館にでも連れて行かれてしまっていたかもしれないから、咄嗟に肩代わりしてくれたに違いない。

ジェラルドは腕《うで》を組んで偉そうにこちらを睥睨《へいげい》していた。

「金のことなら心配するな。数年前から商会の経営が傾《かたむ》いてると聞いていたが、まさかここまで追い詰められているとはな……。俺も王都を離れていて把握《はあく》しきれていなかったんだ。許せ」

「許せも何も……。そもそもあんたにお金を出してもらう筋合いなんかないでしょう？」

「何言ってるんだ。結婚相手の実家が危機に陥《おちい》っているのだから、助けるのが当たり前だろ」

「………はい？」

突然《とつぜん》登場した「結婚」という単語に怪訝《けげん》な声を上げてしまう。

そういえば彼はさっきも借金取りたち相手に将来を誓い合った仲だなどと言っていたが、その場しのぎの冗談《じょうだん》かと思っていた。

「ちょっと待って、結婚ってなんの話……？　なんでそんな話になるの？」

「おい、まさか忘れたとか言うわけがないよな」

こんな大切なことを忘れるなんておかしいと言わんばかりに睨《にら》まれる。

ルルの方は疑問符《ぎもんふ》でいっぱいだ。借金を払ってやった代償《だいしょう》として結婚しろと言うのではなく、まるで以前から将来を誓い合っていたかのような言い方をしているのだから。

本気でわからない様子のルルに、ジェラルドは焦《じ》れたように溜息をついた。

そして傲慢《ごうまん》な態度で言い放つ。

「六年前の約束を守りに来てやったぞ。喜べ、立派な侯爵になって帰ってきたこの俺様がお前と結婚してやると言ってるんだ」

「は……？」

はあああ⁉　と本日二度目の絶叫《ぜっきょう》。

こんな男と結婚の約束をした覚えなんか——ない！　断じて！

なにせ、ルルにとってこの男との思い出は記憶から抹消《まっしょう》したいものばかりなのだから。

ジェラルドと出会ったのは六年前。

ルルが通っていたのは中流階級層が通う私立校だった。

この学校にいるのは、実業家や医者、大学教授など、爵位《しゃくい》こそないがそれなりに地位と名誉《めいよ》のある家の十歳から十五歳までの子どもたちだ。

上流階級に伝手《つて》を持っている生徒も多く、『そこそこ裕福《ゆうふく》なお坊《ぼっ》ちゃんお嬢ちゃんたち』ばかりだと聞いていた。……のだが。

ルルが入学してすぐに目撃《もくげき》したのは、中庭で起こっている喧嘩《けんか》だった。


「おい、ふざけるなよ！　こんな目にあわせやがって」

男子生徒二人が噴水《ふんすい》の中でびしょ濡《ぬ》れになりながら吠《ほ》えている。

怒鳴《どな》っている相手は、噴水の外で涼《すず》しい顔をしている銀髪の生徒だ。どちらの生徒もジャケットにつけられた校章の色は青――ルルよりも三学年上だ。

どうやら銀髪の生徒が二人組を噴水に突《つ》き落《お》としたらしい。悪びれもしない態度で、噴水にいる二人組に向かって涼しい顔をしていた。

「良かったじゃないか。泥《どろ》で汚《よご》れていたから綺麗《きれい》になっただろ？」

「だ、誰のせいで汚れたと思ってるんだ！　お前が僕に足を引っかけたりしたから――っ、こんなこと、僕の父さんが知ったら黙《だま》ってないぞ！」

「はっ。いい年して父親に助けを求めるなんて恥《は》ずかしくないのか？」

「な……なんだとっ……この貧乏人《びんぼうにん》め！」

銀髪は鼻で笑い、濡れた生徒は真っ赤になって憤慨《ふんがい》していた。

（う、うわ〜〜っ！　なんて嫌《いや》な奴！）

真冬ではないので風邪《かぜ》を引いたりはしないだろうが、それにしたって噴水に突き落とすなんて乱暴すぎる。しかも、その前にも足を引っかけて転ばせたりもしているの？

周囲の生徒たちは遠巻きに囁《ささや》き合っていたが、ルルは黙って見ていられなくなり——

「やめなさいよ！　いじめなんて格好悪いわよ！」

日頃《ひごろ》、商会で職人たちに意見することもあって怖《こわ》いもの知らずだったし、子ども特有の強い正義感と潔癖《けっぺき》さを炸裂《さくれつ》させた結果——一緒《いっしょ》にいたクラスメイトたちの静止を振り切って飛び出してしまう。

突如しゃしゃり出てきた下級生女子に銀髪が怪訝な顔をした。

「………なんだお前。関係ないだろ」

「な、ないけど、こういうのはよくないわ！」

青い瞳で睨まれて怯《ひる》む。

負けるものかとルルが睨み返すと、お前なんかに付き合っていられないと言わんばかりに視線を外された。銀髪はぷいっと背を向けて去っていく。

（勝った！）

いじめっ子を撃退《げきたい》してやったぞ！　と良い事をした気分でいるルルが振り返る。

しかし、助けたつもりの男子生徒たちはさっさと退散していた。周囲の生徒たちも特にルルを称賛《しょうさん》するでもなく、素知らぬ顔でその場から離れていく。

(あ、あれ……?)

場違《ばちが》いのような空気を感じていると、クラスメイトが慌てて駆《か》け寄《よ》ってきた。

「ルルちゃん、あの人に関わらない方がいいって!」

……上級生に兄姉《きょうだい》がいるという子が忠告してくれた。

ジェラルド・フィリーという名のあの銀髪の生徒は、喧嘩ばかりしている問題児で、気に入らない相手はぼこぼこにする乱暴者なのだそうだ。目をつけられて嫌がらせでもされたらどうするのかと捲《まく》し立《た》てられた。

「女子相手にも容赦がなくて、嫌なことを言って何人も泣かせているんですって」

「最低ね。紳士《しんし》の風上にも置けないわ」

周りの女子たちも同調する。

「え……、じゃあ、わたしのところにも仕返しにきたりするのかしら」

「ルルちゃん、気をつけた方が良いわよ」

「それにフィリー家なんてお宅、聞いたことないもの。貧乏人だって言われてるし、あんな粗野《そや》な人、本当に中流階級の人間なのかしら」

「関わったって良いことなんてないわ。言いがかりをつけられないように、しばらくは顔を合わさないようにしておいたら?」

皆《みな》がジェラルドの悪評を口にするものだから、ルルは入学したばかりの学校生活が急に不安になった。そのうち校舎裏に呼び出されたりするのだろうか。

しかし、ルルの心配は杞憂《きゆう》に終わり、その後、特にジェラルドがルルに突っかかってくることはなかった。

既に顔を忘れられたのか、すれ違っても気づかれない。

喧嘩騒ぎは相変わらず起こしているようだったが——その場に居合わせてしまったり、後から人に話を聞くうちに、どうやら相手側から喧嘩をしかけられていることが多いようだと知った。先日の噴水の一件も、相手の方からジェラルドに殴《なぐ》りかかり、避《さ》ける際に足を引っかけて転ばせ、そのまま噴水に突き落としたのが真相らしい。

これまでに返り討《う》ちにあった生徒が腹いせで悪評を流しているようだ。

いつ見ても孤立《こりつ》しているジェラルドには悪い噂《うわさ》を訂正《ていせい》してくれるような友人はいないし、彼自身も誤解を解こうと率先《そっせん》して動くような性格ではない。その結果、凶悪《きょうあく》犯のように噂が独り歩きをしていた。

（もしそうだとしたら、初対面でいきなり『いじめなんてやめなさいよ』は失礼だったかもしれないわよね……）

彼からしたら降りかかる火の粉を払いのけているだけなのだ。まあ、売られた喧嘩を買っているだけにしては正当防衛の域を超《こ》えているとは思うけれど……。

幾度《いくど》目かの喧嘩に居合わせてしまった時、ルルはジェラルドの手を取った。

喧嘩相手は逃げていって、周囲の生徒たちもいつものことだからと遠巻きにしていて。殴られたジェラルドの頬を見ながら「保健室に行きましょう」と言った。

怪訝な顔をして振り払われたが、ルルは譲《ゆず》らず、「いいから来て」と強引に腕を引っ張って連行する。ジェラルドは意外にも大人しく保健室までついてきた。

養護教諭は席を外しているらしく、ルルは棚《たな》を物色して消毒液やガーゼなどを拝借する。丸椅子《いす》に座ったジェラルドはこれまた意外にも黙ったままでルルの手当てを受けていた。

(思ったより大人しい……。やっぱり、噂されているほどひどい奴じゃないのかも)

遠巻きにジェラルドを見ていたルルは「単に人付き合いが苦手な一匹《いっぴき》オオカミ」なのではないかと確信していた。

付き合いのある職人にも周囲から怖がられている頑固親父《がんこおやじ》がいる。

その人はぶっきらぼうな物言いしかできず、冷たい人だと誤解されやすいのだ。何度かやりとりを重ねていくと、ちゃんと優《やさ》しい人だと言うことがわかってくる。きっとジェラルドもそういうタイプなのだろう。

「おい。いきなりこんな真似をして、なんのつもりだ?」

怪訝そうに尋《たず》ねられる。

「……わたし、あなたのことを誤解していたわ。ごめんなさい」

突然のルルの謝罪に、ジェラルドは片眉《かたまゆ》を上げた。

「はじめて会った時にあなたのことを何も知らずに、いきなりいじめっ子だって決めつけてしまっていたから、……あの時はちょっと失礼だったかなって。ずっと謝りたいと思っていたの」

「………………」

「よく知りもしない相手にいきなり悪者扱《あつか》いされたら嫌でしょう？」

切れてしまっている唇の端《はし》にガーゼを当て、テープで止めていく。

ジェラルドはルルの顔をじっと見た。

刺々《とげとげ》しい態度のせいで気づかなかったが、よく見ればジェラルドの顔立ちはとても整っている。見つめられたルルは思わずどきっとしてしまった。テープを止める指先が少し震《ふる》えてしまう。

「……俺のこと、何も知らずに、か……。いったい、誰から何を聞いたんだ？」

「え？　痛っ」

急に腕を摑《つか》まれる。

ルルは戸惑《とまど》った。

なぜかジェラルドは怒《おこ》っているように見えたからだ。

「誰だったかと考えていたが、お前、前に中庭で俺に口答えした奴か。今さら謝ってくるとはどういう心境の変化だ？」

「え、それは、だから、あの時は何も知らなかったし……」

「誰から何を聞いた？　……目的はなんだ。金か？　それとも、媚《こ》びを売ってこいと親にでも命じられたのか？」

「っ、ちょっと、痛いってば！　なんの話⁉」

凄まれたことに驚《おどろ》き、ルルはジェラルドの手を振りほどこうとした。

金？　媚び？　ジェラルドは何かを誤解している。

ルルはただ純粋《じゅんすい》に謝りたいと思っただけなのに――……。ジェラルドは凶悪な顔のまま言い放つ。

「こんなことくらいで俺が絆《ほだ》されると思うなよ。二度と俺に近寄るな」

摑まれた腕は解けない。

変な言いがかりをつけられた挙句、脅《おど》しのように凄まれたルルはカチンときた。

「ふっ……ざけんじゃないわよ！　あんた、何様よ⁉」

ガァン！　と頭突《ずつ》きをかますと、ようやくジェラルドの手がルルから離れた。二人揃《そろ》って椅子から落ち、額を押さえる。

痛っっった〜〜〜〜!!　と自分でやっておいて悶絶したが、こちらが純粋な気持ちで謝罪し、案じていた気持ちを、「媚び」だとか「金目当て」だとか言われて腹が立ったのだ。

床《ゆか》に座り込んだまま、涙目《なみだめ》でジェラルドを睨みつける。

「『こんなことくらいで俺が絆されると思うなよ』なんて、なんでそんなエラソーな目線なのよ。『実は隠してたけど本当はいいところのお坊ちゃんでした〜』とでも言いたいわけ？　あんたが金持ちだろうが貧乏だろうがそんなのどうでもいいわよ！」

ジェラルドの方も額を押さえて声を荒らげる。

「だったら、孤独《こどく》な奴に声をかけて善人気取りのつもりか？　友達ごっこなら他所《よそ》でやってろよ、このお節介《せっかい》女」

「なんでそんなにひねくれた考え方しかできないのよっ。周りが言うほどあんたは悪い奴には思えないし、普通《ふつう》に友達になれたらいいなと思って声をかけただけなのに」

いつも一人でいるジェラルドには放っておけない危《あや》うさがあった。

初対面で失礼なことを言ってしまったことが胸に引っかかっていたのも事実だが、周囲に溶《と》け込めない姿を目にするたびに心配もしていたのだ。

「友達なんか別に欲《ほ》しくない。どいつもこいつも、家同士の付き合いや将来のメリットでしかつるむ相手を考えていない奴ばっかりじゃないか」

「そんなことないわよ」

「実際そうだろう。一部じゃ、俺が貴族の隠し子なんじゃないかって馬鹿な噂が流れているようだが、そういう噂が流れた時だけ機嫌《きげん》を取ろうと声をかけてくる奴が現れるんだ」

ああ、だからさっき、媚びを売りにきたのかと言ったのか。

ジェラルドは噂を聞いたルルがごまを擂《す》りにきたのだと勘違《かんちが》いしたのかと腑《ふ》に落ちた。

「……あんたは自分に自信がないのね。そんな下心で近寄ってくる人間なんか蹴散《けち》らせるくらい魅力《みりょく》的な人になればいいじゃない。声をかけてくるきっかけがごま擂りだったとしても、一緒にいて楽しいな、良い奴だなって思ってくれる人はきっとあんたの側に残るわよ」

思うがままに自分の意見を述べたルルだが……。

我ながら今、ものすごく良い事を言った気がした。

さぞやこのひねくれ男も感じ入り、「へへっ、お前の言うとおりかもしれないな。俺が間違っていたよ」とか言うに違いない。

ぽかんとしていたジェラルドは表情を緩《ゆる》め、そして唇に笑《え》みを乗せていく。

雪解けのような表情。ルルも笑顔になる。

ジェラルドの笑いは、優しい微笑《ほほえ》みから満面の笑み、そして、馬鹿にしたものに変わっていった。

「立派な演説だな。鼻につくくらいのいい子ちゃんの回答だ」

「もう一回頭突きするわよ⁉」

真面目な説教を馬鹿にされ、ルルの頬は紅潮した。

だが、ジェラルドは笑っている。

少しは仲良くなれたと思っていいのかしら……。立ち上がったジェラルドから手を差し出されたので、床に座り込んだままのルルは素直《すなお》にその手を借りた。

ぐっと引っ張り上げられ、「ありがと」と礼を言って顔を上げると。


キスされた。


唇と唇が触《ふ》れ合っただけの軽いキスだが、ルルは硬直《こうちょく》してしまう。

え。今。何。

何が起こったのかわからずに、ただただ茫然《ぼうぜん》とした。

ジェラルドは不敵な顔でにんまりと笑う。

「……気に入った。将来、お前を俺の嫁《よめ》にしてやってもいい」

「は⁉」

突飛《とっぴ》な発言に固まる。

いきなり何を言い出すんだこいつは、とルルは開いた口が塞《ふさ》がらなかった。

「ここまで俺を心配してくれた人間ははじめてだ。俺は感激した。お前が言うところの『魅力的な人』になった俺を一番近くで見る権利をやるよ」

「まったく感激してなさそうな態度で何言ってるのよ。絶対お断りよ！」

俺の嫁にしてやってもいいだなんて、どこまで傲慢な奴なんだ。

「ところでお前、名前は？」

「ルル・エインワーズよ！」

名前も知らなかったんかい！　と反射で怒鳴り返す。

いや、それよりも。それよりも……っ。

「信じられない！　わたしのファーストキス〜〜〜〜!!」

なんでこんな奴とキスしなくちゃならないんだ！

しかもこいつ、ついさっきまでわたしの名前さえ知らなかったのよね!?　そんな相手に軽々しくキスをするなんてどうかしている！　なんてことをするんだ！

憤慨したルルはジェラルドを突き飛ばして逃げたのだが……。

まさか、あの時の一方的なあれが『結婚の約束』のつもりだというのだろうか。

ルルは六年ぶりに会ったジェラルドをじろりと睨んだ。

だというのなら今さらすぎる。この男はキスした翌日からしれっと学校に来なくなり、連絡一つ寄こさなかったのだ。

数年経《た》って、新聞記事でジェラルドの名前を見た時のわたしの気持ちと言ったら！

ああ、あいつ、本当にいいところのお坊ちゃんだったんだ。

……わたしは、からかわれたんだ。

ざっくり切られたような胸の痛みは、むかつく奴だけど友達になってもいいかな、なんて芽生えていた気持ちや、自分でも気づかないくらいの小さな小さな好意を消し去るにはじゅうぶんなものだった。

侯爵家の跡取《あとと》りのジェラルドが中流階級のルルを娶《めと》るなんてありえない。

あの時のキスは妾《めかけ》にしてやってもいいというからかい文句で、当時、友達を必要としていないと言ったのも、爵位のない者たちと仲良くしたってしょうがないと思っていたからなのだろう。ルル一人でむきになったり照れたり、馬鹿みたいだった。

「あんたとの結婚なんかお断りよ！」

思い出してむかむかと腹が立ってきたルルは力いっぱい拒絶《きょぜつ》してやる。

そんなルルの態度などどこ吹《ふ》く風。ジェラルドは鷹揚《おうよう》な笑みを浮かべている。

「お前が動揺《どうよう》する気持ちもわかる。突然俺がハイスペックになって現れたから驚いたんだろう。安心しろ。俺は懐《ふところ》が広いから、お前の気持ちの整理がつくまで待ってやってもいい」

「偉そうに何言ってんの？　どれだけ待たれたって、わたしは嫌《きら》いな相手と結婚する気なんてないから」

ジェラルドの表情は憮然《ぶぜん》としたものに変わった。

「は？　……嫌い、だと？」

「そうよ。無理矢理キスしてきたような相手をわたしが好きになるとでも思っていたの？　あんたなんか大っ嫌いに決まってるでしょ！」

きつい口調で言い切ると、ジェラルドの目は軽く見開かれる。

おそらく、ルル如《ごと》きが断るとは思っていなかったのだろう。喜んで尻尾《しっぽ》を振るとでも思っていた相手から噛みつかれたジェラルドはむっとした顔で黙り込んでしまった。凄まれたルルは怯む。

（あー……、で、でも、今助けてもらったわけだし……。お金を出してくれた相手に、こ

んな恩知らずな言い方はよくないわよね）

感情のままに言い返してしまったが、一応は取り繕《つくろ》ったように殊勝《しゅしょう》な態度をとる。

「え、ええと、とにかく、助けてくれてありがとう。お金のことは本当に感謝してるし、さっきも言ったとおりちゃんと返すから。父様が王都に戻ってきた時に、また改めて……」

「——今すぐ返せ」

「え？」

ジェラルドは微笑んだ。

「返せ。今すぐ。この俺の求婚《きゅうこん》を断るとはいい度胸だ。絶対許さん。嫁に来ないならただの他人だ。金なんか出してやらん」

「いっ、今すぐなんて返せるわけないでしょ！」

突然の手のひら返しにルルは叫んだ。

（ああ、わたしったら後先考えずに言い返してしまって本当に馬鹿！　でも、いくら借金のカタだとしてもこんな奴と結婚するなんて絶対嫌だもの）

赤の他人がこの話を聞いたら、変態ジジイに嫁がされるならともかく、顔見知りでもある侯爵の手を取らないなんてどうかしているというだろう。

だけど、この男に一生言いなりにされるなんて嫌だし、第一、身分が違うのだ。中流階級出の娘が分不相応なと悪口を叩かれるのも、愛人扱いされるのも真っ平ごめんである。

「商会の建物を売ればまとまったお金が手に入る予定なのよ。残りは働いてなんとかするし、だからその」

「働く？　王都でお前を雇ってくれる場所なんかあるのか」

「あ、あるわよ、きっと。今は借金取りたちのせいで雇ってくれないけど、ほとぼりが冷めれば、どこかが……」

「そんなことを言って、逃げるつもりだろ」

「逃げないわよ！　ちゃんと働いて返しますっ」

「──だったら俺の元で働け」

なんでよ。嫌よ。とルルが口を開く前に、ジェラルドは指を三本立てた。

「一日三万ガロンで俺がお前を雇ってやる。仕事内容は俺の身の回りの簡単な世話──まあ、さしずめ給仕女中《パーラーメイド》とでも言ったところか。どうだ？　悪い条件じゃないだろ」

三万⁉

ぶっ飛んだ金額すぎる。真っ当な仕事なら一日丸々働いたところで一万ガロンに届くか届かないかだ。

「そ、そんなんで三万とか……。いかがわしいことでもしようとか考えてるんでしょ！」

「そのとおりだ。俺の要求に応えたら臨時ボーナスをやってもいい。そうだな……。キス一つにつき一万ガロンとかでどうだ？」

　堂々と言い切ったジェラルドに、ルルは「ふざけないでよ！」と羞恥《しゅうち》と怒《いか》りで真っ赤になって震えた。

「お金の力で人を言いなりにしようとするなんて最低」

「なんとでも言え。四六時中俺の側にいたら、絆されて俺のことを好きになるだろう」

「なるわけないでしょ。どこから来るのよ、その自信は」

「じゃあ、大っ嫌いな俺に迫られてもなんとも思わないんだな」

「思わない」

　きっぱりと宣言したルルをジェラルドは鼻で笑い飛ばした。

「だったら俺の元で働いても別になんの問題もないだろう。俺の気が変わる前にお前の方から『やっぱりわたしが間違ってました。ジェラルド様と結婚したいです』と言ってきたら借金はチャラにしてやってもいい。……ああ、迫ると言ったが、あくまで普通にメイドとしての業務をこなしてもらった上で、お前が臨時ボーナスを受けるかどうか選べばいい。婚前交渉《こんぜんこうしょう》の心配はしなくていいぞ。俺は初夜は大切にしたい派だからな」

　何言ってんのこいつ。

　初夜とか言って馬鹿じゃないのと思ったし、言いくるめられている気がしないでもなかったが――

「絶対お断りと言いたいところだけど……。働くだけで本当に日給三万もくれるの？」

どんないいかがわしい要求をしてくるつもりなのかは知らないが――できそうな命令《ミッション》だけ受ければいいのだ。愛情の欠片《かけら》もない冷淡《れいたん》な対応を返し続けてやれば、この男だってやがて馬鹿らしくなって変なことを言わなくなるかもしれない。そうしたらあとはメイドとして決められた仕事をこなすだけだ。

ジェラルドもここが落としどころだと思ったらしい。真面目な、心優しい雇い主のような顔をして頷《うなず》く。

「もちろんだ。賄《まかな》いつき、制服支給、使用人寮有り、休みは交代制。これ以上好条件の職場があるか？」

（日給三万。頑張れば月給七十万くらい？　一年とちょっとくらいで返せる上に、わたしが働いている間に商会を立て直せる猶予《ゆうよ》もできるかも）

結婚はしたくないがさっさと金を返したいルルにはぴったりの仕事だった。

札束で人の顔を叩くような人間に成長してしまった男を睨みつける。

スッと息を吸ったルルは、そこでようやく貴族に接するように恭しく頭を下げた。

「わかりました。わたしを雇ってください」

「契約成立とみなしていいのか？」

「ええ。メイドとして働いて、きっちり一千万ガロンお返しします！」

結婚を承諾《しょうだく》したりなんかしないぞという意思を込《こ》めて笑うと、ジェラルドも意地の悪い笑みを浮かべていた。

「良い返事だ。じゃあまず手始めに百ルピオンで『精一杯務めますにゃんにゃん』とでも言ってもらおうか」

「…………」

「どうした？　これっぽっちのこともできないのか？」

こちらを馬鹿にしたような命令にルルは怒りで震える。

「……この××××侯爵……っ」

「減給にするぞ」

こうしてルルはジェラルドに雇われることになった。

借金の残額は九百九十九万ガロン、……飛んで、九百ルピオン。

二章 グランシア侯爵邸

「……と、いうわけで明日からわたし、侯爵《こうしゃく》家のタウンハウスで働くことになったから
よろしくね！」
ジェラルドとの一悶着《ひともんちゃく》があった翌日。学生寮《りょう》にいる弟に報告をしに行くと唖然《あぜん》とした
顔をされた。今年十二歳になるトーマスは薄茶《うすちゃ》色の瞳《ひとみ》をまん丸に見開いて呟《つぶや》く。
「信じられない」
「そうよね。わたしも侯爵家で働くことになるなんて思いもしなかったわ」
「そっちじゃないよ！　侯爵様からの求婚《きゅうこん》を断るなんて勿体《もったい》なさすぎる！　姉さん、何
考えてるの⁉」
昔の知り合いの正体が実は侯爵様で、大人になってプロポーズしにやってきてくれた。
これだけ聞いたら、女の子が大喜びで舞《ま》い上《あ》がるようなシチュエーションだと思うだろ
う。ルルは笑顔《えがお》できっぱりはっきり宣言する。
「だって、嫌《きら》いな相手と結婚《けっこん》なんてしたくないもの」
「嫌いって、……なんでそこまで？　よっぽど嫌《いや》なことでもされたの？」

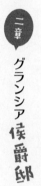

学生の頃《ころ》に無理矢理キスされたからよ、なんて弟には言えずに口ごもる。……とはいえ、六年も引きずるくらい嫌な思い出ではないかもしれないけど……。

（……あれ？　それだけじゃなかったかも）

腹が立った一件であることには間違《まちが》いないが、ルルがジェラルドを嫌いになった決定打が何か別にあったような気もする。

『ねえ、ルルちゃん。ジェラルド・フィリーが――……』

――誰《だれ》かに何かを言われた気がするのだが……。なんだったっけ？

（まあいいか。きっとむかつきすぎて記憶《きおく》から消したのね）

立ち話もなんだからとトーマスに先導され、寮のロビーに通される。

学生用のロビーなので、談話用の椅子《いす》やソファ、ちょっとしたテーブルがあるだけの簡素な空間だが、壁際《かべぎわ》にはティーセット一式が揃《そろ》えてあった。

どうぞご自由にお使いくださいとばかりに茶葉まで何種類か置いてある。茶器も茶葉も量産品で安いものだがずいぶんと気が利《き》いていた。

「えっ、何ここ？　お茶のセットまであるの？　学生寮なんか来たことないから知らなかったけど、結構設備が整っているのね」

トーマスが淹《い》れてくれた紅茶に口をつけた。

「……二年くらい前？　に、ある貴族からの寄付で寮の設備を整えたんだって」

「へー、立派な方ね」

「誰だと思う？　グランシア侯爵だよ」

ぶっとお茶を吹《ふ》く。

あいつか！　そういえばジェラルドは通いではなく寮生《りょうせい》だった。

あまりいい思い出のないはずの母校、しかもこんな市井《しせい》の学校に寄付したって特にメリットはないはずなのに、とても親切で紳士《しんし》的な人みたいじゃないか。そんな馬鹿な。学長を買収しているとか、何か裏があって寄付しているに違いない……。

疑ってしまうルルに、トーマスは呆《あき》れた顔をした。

「姉さん、世の中お金だよ？　せっかくの玉《たま》の輿《こし》に乗るチャンスを棒に振《ふ》るなんてどうかしてるよ」

「世の中愛と真心よ！　我が家が赤字なばっかりに、弟が守銭奴《しゅせんど》に育ってしまって姉さんは悲しいわ……っ」

わざとらしく泣《な》き真似《まね》をするも、弟は軽く受け流した。

「別に俺は父さんや姉さんほど商会にこだわりないしさ。家族で田舎《いなか》に移り住むのでも、俺がどこかの商家に奉公《ほうこう》に出るのでも構わないと思ってる。けど、姉さんは婚期《こんき》をどんどん逃《に》がしちゃうよ。今からでも遅《おそ》くはないし侯爵様の好意に甘えたら？　こんな立派なお金持ちとの結婚話なんてそうそうないよ。騙《だま》されてるんじゃないかって思っちゃう」

「そうよ。騙されてるのよ。きっと生意気なわたしを嫁《よめ》にして、お金をちらつかせて言いなりにしてやるとか考えているに決まってるわ！　そんな人生は嫌よ！」

これまで自分の結婚相手のことなど考えたことはなかったが、――結婚相手には穏《おだ》やかで優《やさ》しく、身分の釣《つ》り合《あ》いが取れた庶民《しょみん》を希望する。今後、「好きな男性のタイプは」と尋《たず》ねられることがあったらジェラルドと真逆の人物像を上げていこう。

まだ王都に到着《とうちゃく》していない父と母にも手紙を飛ばしておいた。

もっとも、そちらには求婚された云々《うんぬん》の話はすっ飛ばし、借金を肩代《かたが》わりしてくれた侯爵のお屋敷《やしき》で働くことになりましたと書いてある。

「まあ見てなさいよ。さっさと一千万分の要求を呑《の》んで辞《や》めてやるんだから」

拳《こぶし》をぐっと握《にぎ》って宣言すると、

「……ほーう？　それは楽しみだな」

「ぎゃあっ⁉」

背後から聞こえた低い声に振り返る。入り口にはフロックコートを片腕《かたうで》にかけたジェラルドがいつの間にか立っていた。

「ど、どうしてここに？」

寮生の関係者しか入れないはずなのにと思ったが、たった今この男が学校に寄付金を出しているという話を聞いたばかりだった。出入りなんて顔パスだろう。

「メイド長が今日のうちに部屋や設備の説明をしておきたいというから迎《むか》えにきた。話が済んだならこのまま屋敷に向かう」

ジェラルドからは身一つで来てもらっていいと言われていた。

不承不承ながら了承《りょうしょう》して頷《うなず》くルルとは反対に、トーマスは礼儀《れいぎ》正《ただ》しく頭を下げる。

「グランシア侯爵。このたびの件、本当にありがとうございました。姉がお世話になりますがよろしくお願い致《いた》します」

「ああ。トーマス、といったか。よくできた弟だな。金のことなら心配しなくていいし、こいつのことも任せておけ」

ジェラルドは立派な紳士の如《ごと》き振る舞いで「しっかり勉学に励《はげ》めよ」と言い、トーマスもトーマスでお行儀《ぎょうぎ》よく返事をしている。

「……侯爵様、別にフツーにいい人そうじゃん」

帰《かえ》り際《ぎわ》、つつつ、と寄ってきたトーマスは、ジェラルドの耳に入らない声のトーンでこっそり囁《ささや》いた。ルルは思い切り顔を顰《しか》めてしまう。

「ふっ。あんな上辺だけの態度で騙されるなんて、あんたはまだまだこの男のことをなんにもわかってないわね……」

「ワタシの方が彼のことを良く知っているんだから、ってアピール？」

「全然違う。事実よ、事実っ」

「っていうか、ほんとに姉さんは何が不満なの？　顔だってカッコイイし、あんなモテそうな人が姉さんに求婚した理由が謎《なぞ》すぎるんだけど……」

「何をごちゃごちゃやっている？　行くぞ、ルル」

偉《えら》そうに名前を呼びつけられ、「はい、只今《ただいま》！」と怒鳴《どな》り返す。

「とにかく、わたしのことは心配いらないから。あんたは勉強頑張《がんば》りなさいよ！」

「うん。姉さんも頑張って」

トーマスに見送られ、ルルは元気よくジェラルドの背を追いかけた。


――その去っていく姿を見送ったトーマスはほんのちょっぴり安堵《あんど》の息を吐《は》く。

たとえ侯爵に何か思惑《おもわく》があるにしても、姉を庇護《ひご》して助けてくれる存在がいるのはいいことだ。金銭的な面だけではなく、姉のメンタルも支えてくれそうな立派な男性の登場を喜ばしく思ってしまう。結婚しちゃえばいいのになぁ、と無責任に呟いておいた。

グランシア侯爵邸《てい》は王都の二番街に位置している。

ここは貴族のタウンハウスが立ち並ぶエリアで、王都育ちのルルですら滅多《めった》に立ち入らない。どの建物も敷地《しきち》の周囲にはぐるりと鉄柵《てっさく》が巡《めぐ》らされ、立派な門がついている。

「彼女が俺の給仕女中《パーラーメイド》として雇《やと》うことにした、ルル・エインワーズだ。ルル、仕事のことはこのメイド長に一任してある。それと、雇用契約書《こようけいやくしょ》もアンソニーに準備させたから目を通しておくように」

ジェラルドによって引き合わされたのは、四十代くらいの生真面目《きまじめ》そうな女性と、借金取りから助けてもらった時にも会った従者のアンソニーだ。

かしこまりましたと膝《ひざ》を折る二人に、ルルも慌《あわ》てて「お世話になります」と頭を下げる。

そこでジェラルドとは別れ、メイド長の案内でルルの部屋に連れて行かれたのだが……。

「えっ、この部屋ですか？」

「何か問題が？」

「い、いいえ、その……。まさか個室がもらえるなんて思ってもいなくて」

使用人スペースの一角にある一室がルルの部屋だと言われた。

日当たりはそんなに良くないし、ベッドや備え付けのクローゼットがあるだけの簡素な部屋だが、そもそも大勢いる使用人一人一人に部屋なんかもらえないはずだ。相部屋や雑《ざ》魚寝《こね》だって覚悟《かくご》していた。

「ここは上級使用人用の部屋です。隣《となり》は私、階段を挟《はさ》んだ反対側にアンソニー様のお部屋があります。他の者は離《はな》れにある使用人寮で寝泊《ねと》まりしています」

「あの、わたしもそっちでいいんですが」

「貴女《あなた》はジェラルド様の身の回りのお世話を引き受けるとのことでしたので、主人の呼び出しにすぐに応じられるようにせよと伺《うかが》っております」

そこへ、アンソニーが畳《たた》まれたエプロンを何着か抱《かか》えて降りてきた。

サイズを確認《かくにん》してもらっていいですかと渡《わた》されて広げると、袖《そで》や裾《すそ》の部分に贅沢《ぜいたく》にレースがあしらわれている。

「この屋敷には給仕女中《パーラーメイド》用のエプロンはまだありませんので、取り急ぎグランシア家本邸《ほんてい》で使っているものと同じものを用意しました」

「ここに来るまでにすれ違った人たちとは違うんですね？」

中に着る焦茶色《こげちゃいろ》のお仕着せは同じだが、彼女たちは飾《かざ》り気《け》のないエプロンを身に着けていたはずだ。

「あの娘《こ》たちは家政女中《ハウスメイド》です。彼女たちや洗濯女中《ランドリーメイド》とは違い、給仕女中は主人やお客様の目に触《ふ》れる仕事ですので、それなりのものを着ていただきます」

そう言うメイド長の服もデザインが少し違う。

「わたしの他に給仕女中は雇っていらっしゃらないんですか？」

「ジェラルド様は特に必要とされておりませんでしたから。元々、三年前に爵位《しゃくい》を継《つ》がれて以降ご多忙《たぼう》で、王都に長期滞在《たいざい》することはほとんどありませんでした。身の回りのことは私かアンソニー様で事足りていたのです」

そうなんですか、と頷いた。

後々知ったのだが――屋敷によってはわざわざ給仕女中を雇わないところもあるようだ。汚《よご》れ仕事を免除《めんじょ》される華《はな》やかなメイドは、ようするに「綺麗《きれい》どころを雇えるくらい財力に余裕《よゆう》がある家だ」と貴族が来客にアピールするための意味合いもあるらしい。

支給される日用品の確認をした後、メイド長は一度部屋を離れ、ルルはアンソニーが持ってきた雇用契約書に目を通した。

はっきりと記載《きさい》された日給三万ガロンの文字にやや慄《おのの》く。

（本当にこの日給で雇ってもらえるんだ……）

ジェラルドが不在の時は、その都度、家政女中の仕事を手伝うことになっているが――

それにしたって貰《もら》いすぎなくらいだ。

アンソニーの顔をちらりと窺ってしまう。売り言葉に買い言葉で雇われたルルのことを、この人はどう思っているんだろうか。

「どこか、記載漏《も》れでもありましたか？」

否定したついでに、「なんか……すみません……」と自嘲《じちょう》気味に謝ってしまう。

「なぜ謝るんです？」

「こんな高給で雇ってもらえるなんて普通《ふつう》だったらありえませんよね。あの、本当にわたしはジェラルドのことをなんとも思っていませんし、あいつの言葉を真に受けて分不相応にも結婚したいとか言うつもりはありませんので安心してください。一メイドとして、一《いっ》生懸命《しょうけんめい》働かせていただきます」

「はあ。なぜ私にそのようなことを宣言されるんです？」

「え……。アンソニーさんはジェラルドの従者ですし……、得体のしれない女が主人の側《そば》をちょろちょろしていたら不愉快《ふゆかい》かと思って……」

主人が使用人に手を出しているなんて風評が流れたら、アンソニーだって迷惑《めいわく》するだろうと思ったのだが。

「ああ、私の心証を慮《おもんぱか》ってのことでしたら別に配慮《はいりょ》はいりません。あなたがジェラルド様にふさわしいとかふさわしくないとか言うつもりもありませんし、もっと言うとジェラルド様が庶民のあなたと結婚しようが王族の娘と結婚しようが、私にとっては大差ありませんので」

淡々《たんたん》と述べるアンソニーをルルはまじまじと見てしまった。

　エインワーズ商会にも貴族は出入りしていたが、付き人というのは主人を諌《いさ》めたり、守ったり、自分のすべてを捧《ささ》げる絶対の存在として扱《あつか》っていた。そういう情熱のようなものがアンソニーからは感じられない。

　主人を誑《たぶら》かす悪い女め！　と睨《にら》まれてもおかしくないはずなのに、どうでもいいと言わんばかりの口ぶりだ。

「…………あのー、従者とか侍女《じじょ》って、もっと主人のために憎《にく》まれ役《やく》を買って出たりするイメージだったんですが」

　清潔感と柔和《にゅうわ》な微笑《ほほえ》みを湛《たた》えた男はにこりと笑う。

「そういった立派な志を持った方もおられますが、私にとっては『仕事』ですので」

「…………なるほど」

　アンソニーは公私を完全に切り離して考えるタイプらしい。

　職務怠慢《たいまん》なのではなく、結婚相手の選定なんて業務外だということだろう。

（仕事……。そうよね、これは仕事。別に後ろめたく思うことなんて何もないわ）

　見ようによってはジェラルドの好意を弄《もてあそ》び、高いお金を出させている悪女に思われなくもないが……。いやいや、逆よ。わたしが弄ばれてるのよ、と思い直す。

　高給で雇われることへの躊躇《ためら》いや後ろめたさを飲み込み、契約書の下にルル・エインワーズとサインを入れた。

これで、今からルルの主人はジェラルド。彼に対する生意気な態度は封印《ふういん》だ。


そして迎えた勤務初日。

可愛《かわい》らしいお仕着せに身を包み、長い髪《かみ》をひとつにまとめたルルは、指示された時間ぴったりに主寝室《しんしつ》の扉《とびら》をノックする。

カートに乗せているのは洗顔用のぬるま湯やタオルなどだ。ふかふかの柔《やわ》らかそうなタオルや、透明《とうめい》度の高いガラスに入ったレモン水——一つ一つに手間とお金がかけられたものを改めて見ると、ジェラルドは『世話をされる側の人間』なんだなあと思った。いじめっ子を噴水《ふんすい》に突《つ》き落《お》としたりしていた男が……、なんだか信じられない。

「おはようございます、ジェラルド様。朝の支度《したく》にまいりました」

入室を許可する声はかからない。

返事がなくても中に入っていいと言われているため、カートと共に室内へと足を踏《ふ》み入《い》れた。分厚い遮光《しゃこう》カーテンのせいで部屋の中は暗いが、大人二人がゆうに寝転《ねころ》がれるサイズのベッドの枕元《まくらもと》にジェラルドの銀髪《ぎんぱつ》が見える。

動く気配がないため、ルルはもう一度声をかけた。

「ジェラルド様、朝ですよ」

シーツの中の塊《かたまり》は動かない。

（これ、本当に寝ているのかしら。……罠《わな》っぽいわね）

まるでルルが近寄ってくるのを待っているかのようだ。

警戒《けいかい》しながら「起きてください」とそっと肩《かた》に触れる。

すると、手首を掴《つか》まれてあっという間にベッドの中に引きずり込まれてしまった。

「ちゃんと時間ぴったりじゃないか。感心だな」

ニヤニヤ笑いのジェラルドがルルを抱《だ》きしめている。

ルルの方はある程度予想がついていたので、動じずにニッコリと微笑んだ。

「おはようございます、ジェラルド様。起きていらっしゃるのなら離していただけますか？」

「つれないな。二度寝に付き合えよ」

「付き合いません」

「昨夜はよく眠《ねむ》れたか？　使用人部屋にしてはましな方だが、お前の心掛《こころが》け次第《しだい》ではあんな狭《せま》い部屋じゃなくて女主人用の部屋を与《あた》えてやるぞ？」

「ものすごく快適に眠れましたのであのお部屋でじゅうぶんですわ」

冷淡《れいたん》なルルの対応をつまらなく思ったらしい。

ジェラルドはすかさず切り札を出した。

「どうだ？　三分間、抱き枕になったらボーナス一万」

「わかりました」

即答《そくとう》する。

照れもせずに承諾《しょうだく》したルルにジェラルドは意外そうだった。

「……もっと嫌がるかと思ったが」

「仕事ですから」

いちいち大騒《おおさわ》ぎして振りまわされてなんかやらない。

(どうせセクハラまがいの要求をしてくるだろうってことは読めてるのよ。この悪趣味《あくしゅみ》な男はわたしが嫌がったり恥《は》ずかしがったりするのを見て笑ってるんだから、騒げば騒ぐほどこいつを喜ばせるだけだわ)

「では、わたしは今から三分間枕になりますね。枕ですので口も閉ざさせていただきます」

微笑んだルルは固く目を閉じた。何をされても無視してやるという意思表示だ。

「へえ……？」

目を閉じてしまったのでジェラルドの表情まではわからないが、面白《おもしろ》がっているような声音《こわね》だった。

「だったら、遠慮《えんりょ》なく抱き枕になってもらおうか」

その言葉と共にぎゅっと抱きしめられる。

薄《うす》い寝間着《ねまきご》越しにジェラルドの体温を感じた。骨ばった身体《からだ》と硬《かた》い胸板《むないた》は女の自分とは違い、異性を感じて鼓動《こどう》が速くなる。

（だめだめ、わたしはただの枕。石。無機物になるのよ）

ルルはジェラルドを意識しないよう、頭の中で今日の予定を並べた。

（えーっと、今日やることはジェラルドの身支度《みじたく》が終わったら朝食を運んで、食べている間に洗顔用のお水を片付けて、外出するジェラルドを見送ったのちにベッドメイキングと掃除《そうじ》……）

「……ルル」

切羽詰《せっぱつ》まったような声には色気が滲《にじ》んでいる。

「六年ぶりに再会して思ったが……、綺麗になったな」

「⁉」

「昔から可愛い顔立ちだったが大人っぽくなった。この綺麗な髪も食べたら甘そうだと思っていたんだが、手触《てざわ》りもいいんだな。結《ゆ》っているせいで頭を撫《な》でるくらいしかできないのが残念だ。できればもっと、乱してやりたい」

甘ったるく耳元で囁かれて背筋がぞわぞわした。

まるで恋人《こいびと》に囁くような睦言《むつごと》だ。

頭を撫でていた熱い手のひらが滑《すべ》るように頬《ほお》に移動し、「ひゃっ」と情けない悲鳴が出てしまう。くつくつと押し殺したようにジェラルドが笑った。

「可愛い声だな。もっと聞かせてくれ」

（こ、こいつ、いつの間にこんな遊び人みたいなセリフを吐《は》くように……！　侯爵位になってモテモテってわけ⁉　女の扱いなんか慣れっこですって言いたいわけ⁉）

ちゅっと大げさなほどのリップ音を立てて耳に口づけられたところで限界に達した。

「三分っ！　もう三分経《た》ちましたっ！」

「まだ一分しか経ってないぞ」

ベッドから転がり落ちるようにして逃げ出したルルを、ジェラルドは獲物《えもの》を追い詰めることに成功した狼《おおかみ》のように嘲笑《あざわら》っている。

「三分耐《た》えられなかったんだからボーナスはなしだな」

「そんな！」

「残念だったな。再挑戦《ちょうせん》したければいつでも相手をしてやる」

涼《すず》しい顔で笑われ、ぐぬぬぬ……と唇《くちびる》を噛《か》む。

せっかくのボーナスのチャンスが……。そしてなんだ、この敗北感は……。

着替《きが》えるから出ていけと部屋から追い出され、ルルは廊下《ろうか》をずかずかと歩いた。耳元で囁かれた甘ったるい声やジェラルドの体温が身体中に残っているようで真っ赤になる。

（信じられない、あのセクハラ野郎《やろう》！　変態！　色魔《しきま》！　朝から馬鹿じゃないの！）

——逃げるように主《あるじ》の部屋から出てきたルルの様子を見ていたメイドたちが、ひそひそと囁き合っていることには気づかずにいた。


（はあ……。やっとお昼……）

ジェラルドを見送った後の仕事をこなし、ルルはよろよろと使用人用の食堂に向かう。

主人付きという特別待遇《たいぐう》を受けているルルだが、食事は他のメイドたちと同じく食堂でとることを希望した。

昨夜と今朝は上級使用人たち——従者であるアンソニー、メイド長、料理長などと一緒《いっしょ》にとったが、場違い感がすごかったのだ。ミーティングも兼《か》ねているのだが、主人付きとはいえジェラルドの仕事に同行するわけでも、なんの権限もないルルがいる意味はほとんどない。

そしてどうやら上級使用人たちの中で『求婚騒動《そうどう》』を知っているのはアンソニーだけで、

皆《みな》、ルルのことはジェラルドのコネ採用で勤め始めた娘だとしか認識《にんしき》していないようだった。壁《かべ》のある接し方をされるのは気が滅入《めい》る。

(もうちょっと気兼《きが》ねなく話せるような友人ができたらいいな)

食堂に足を踏み入れると、すぐに視線が集まってきたのでドキッとした。

部屋の中には二十人ほど——男性使用人は一人か二人で、あとは女性使用人だ。特に話しかけられるわけでもなく視線はすぐに逸《そ》らされるが、皆の意識がルルに向いていることは間違いなさそうだ。朝は軽く名乗った程度ですぐにジェラルドの元へ向かったので、ここで改めて自己紹介《しょうかい》とかした方がいいのかしら……と悩《なや》んでしまう。

ぎくしゃくした動きで食事をもらって空いている席に座ると、二人組の少女がすかさずルルの正面に移動してきた。

「ここ、座ってもいいかしら?」

「あ、ええ、どうぞ」

「ありがとう。あたしはハリエット、で、こっちはオリアン。あたしたちは二人とも家政女中よ、よろしくね」

きびきびとした口調の少女が名乗る。

同年代の少女二人が声をかけてくれたのでほっとしてしまった。

今話している背が高くて気の強そうな方がハリエット、スープに匙《さじ》を入れながら「よろ

しくう〜」と間延びした口調で話すぽっちゃりした方がオリアンだそうだ。

「わたしはルルです。よろしくね」

商会が赤字になってからは女友達ともすっかり疎遠《そえん》になってしまっている。仲良くできたらいいな、と思うルルをハリエットはしげしげと眺《なが》めた。

「あなた、すごいのね。あたしたちと同じくらいの年齢《ねんれい》でジェラルド様付きに抜擢《ばってき》されるなんて、……元々はどちらのお屋敷にお勤めだったの？　まさか、王城とか？」

「え」

「それとも、侯爵家のご親戚《しんせき》筋の方かしら」

「そんなまさか！」

ルルは大慌《おおあわ》てで否定した。

「わたし、お屋敷勤めって、はじめてなの。職人通りのエインワーズ商会ってご存じかしら？　そこの娘なんだけど……」

この発言に、周囲で耳をそばだてていたメイドたちの空気がぴしりと固まった。

「はじめて？　はじめてでいきなりジェラルド様付きなの？」

「え、ええ……」

ルルとしては気を使われるような大層な人間じゃないとアピールしたつもりだったが、どうやら失言だったらしい。ひそひそ話にすらなっていないざわめきが聞こえてくる。

「エインワーズ商会って、落ち目の商家じゃない。そんな子がどうして侯爵家に勤めに？」

「あたし、見たわ。あの子が赤い顔してジェラルド様の部屋から出てきたところ……」

「やだ。まさか、ジェラルド様に取り入って雇ってもらったってこと？」

しまった。まるでルルが愛人か何かのように思われてしまう。

ハリエットは剣呑《けんのん》な目でルルを睨んでいた。

「ご、誤解よ。わたし、ジェラルドの――ジェラルド様のことなんて、なんとも思っていませんから」

「なんとも思ってないですって⁉　あんなに素敵《すてき》な方に対して失礼がすぎる言い方じゃない？」

「えー、その、素敵な方だと思いますが」

「ほら、やっぱり色目を使っているのね！」

じゃあなんて答えろと。

何を言っても揚《あ》げ足《あし》をとるつもりのハリエットを筆頭に、メイドたちは口々にジェラルドを称賛《しょうさん》し、何も知らない新人《ルル》に対してジェラルドの過去を語りだした。

若い娘ばかりなので実際に見聞きしたわけではなく、先輩《せんぱい》たちから語りつがれてきた内容なのだろう。皆がとうとうと熱っぽく瞳を潤《うる》ませて語る姿は、昔、家族で歌劇場に見に行った芝居《しばい》を思い出した。多分、歌にするとこんな感じだ。


♪　今から語るのは若き侯爵ジェラルド様の過去。

語り部《べ》はわたくし、ハリエットが務めさせていただきます。

遡《さかのぼ》ること数年。グランシア侯爵家は没落《ぼつらく》寸前と言われておりました。

ジェラルド様のお父上である前侯爵には悪い噂《うわさ》がたくさんありました。

「賭博《とばく》に愛人に借金」

「ああ、かわいそうなジェラルド様」

「学校にも通えず、社交界からも遠ざかるばかり」

そんな矢先、前侯爵はお倒《たお》れになりました。

残された奥様と一人息子《むすこ》のジェラルド様は領地立て直しに奔走《ほんそう》なさいます。

「十六歳で跡継《あとつ》ぎに」

「ああ、苦しい思いをなさったジェラルド様」

「領地を立て直すために三年もの時間を費《つい》やしました」

そして、ずさんな管理をされていた侯爵領を立て直しました。

「将来有望、王家からの覚えもめでたく」

「ああ、今や令嬢《れいじょう》たちの憧《あこが》れの的のジェラルド様」

「素敵な方にお仕えできて、わたしたちは幸せです」


ジェラルド様の未来に幸せあれ、グランシア侯爵家に栄光あ〜れ〜〜〜♪


じゃじゃん！

お芝居だったら拍手喝采《はくしゅかっさい》、スタンディングオベーションだっただろうと思いながら彼女たちによる熱心な説明を聞いた。

（ジェラルド過激派……。いや、ジェラルド教？）

ジェラルドが庶民校にいたことは知られていないらしい。

再会した時に「なぜ身分を隠《かく》して庶民校にいるのか」という問いには答えてもらえなかったが、……プライドの高いジェラルドが「貧乏《びんぼう》なせいで、多額の入学金が必要な貴族の学校に通えなくて」なんて言うはずもない。彼が苦労していたことはわかった。

「とにかくっ」

ハリエットがルルを指差して釘《くぎ》を刺《さ》す。

「ジェラルド様に気に入られてるからっていい気にならないで。あの方はあんた如きがお近づきになれるような方じゃないのよ！　わかった？」

気圧《けお》されたルルは頷いた。彼女たちの前でうっかりジェラルドと親しげなところなんて見られないようにしようと決意する。

——その数時間後。

外出から帰ってきたジェラルドが玄関《げんかん》で出迎《でむか》えたルルのつむじにキスをした。

ルルは瞬《また》く間《ま》にメイド全員を敵に回すことになった。

三章 新米メイドの受難

セオドア・C・ウィスタリア。

それはウィスタリア王国の王太子であり、パーフェクトプリンスと名高い人物の名前だ。

二十三歳にしては細身で小柄《こがら》な体格だが、くりくりとした大きな瞳《ひとみ》に、甘い蜂蜜《はちみつ》色の髪《かみ》は周囲に親しみやすさを与《あた》えるのに一役買っている。権力者特有の偉《えら》ぶった態度は一切《いっさい》とらず、博識で、会話もウィットに富み、何かと口やかましい重鎮《じゅうちん》の老貴族たちからも一目置かれていた。

貴婦人の間では地上に舞《ま》い降《お》りた天使のようだと褒《ほ》めたたえる者もいるらしい。

「聞いたよ、ジェラルド。初恋《はつこい》の女の子とメイドさんごっこをして遊んでいるんだって？ずいぶん楽しそうだね」

――ジェラルドの前では悪魔《あくま》だが。

王城に呼び出され、セオドアの向かいに座るジェラルドは顔を顰《しか》めた。そんな態度をとってもセオドアはしれっとした態度だ。

「おかしいな～？　初恋の女の子に求婚《きゅうこん》しに行くって言ってなかったかな～？　僕の聞

き間違《まちが》いだったかな〜」

「いいや、聞き間違いじゃない。俺は今、初恋の女とメイドごっこをして遊んでるんだ。最高に楽しい」

「大丈夫《だいじょうぶ》？　強がりも度を超《こ》すと痛々しいよ」

「うるさい」

スンとした顔で気遣《きづか》われたが、そもそちらが振《ふ》った話題だろうが。

ジェラルドだってまさかルルに断られるとは思わなかったのだ。すんなり大喜びで了承《りょうしょう》するまではいかずとも、戸惑《とまど》いと躊躇《ためら》い交じりに再会を喜んでくれると思っていたのに、「大嫌《だいきら》いな奴《やつ》と結婚《けっこん》したくない」ときたものだ。

（そんなに何年も根に持つほど俺とのキスが嫌《いや》だったのか？）

そりゃ、許可なく手を出したのは悪かったと思うが、真剣《しんけん》にジェラルドを案じてくれる姿が可愛《かわい》いと思ったからしたのだ。何が悪い。

「あいつは強情《ごうじょう》な性格なんだ。怒《おこ》っているのは照《て》れ隠《かく》しで、どうせそのうち折れる」

「うわー。強気だねー。あまり強引《ごういん》な男は嫌われるよ。たまには引いて、年上の余裕《よゆう》でもアピールしたら？」

妻帯者であるセオドアからのアドバイスにそっぽを向く。

「……ふん。言われなくてもする」

「それとも、これを機に他の女の子に目を向けてみるのもありなんじゃない？　僕がスタイル抜群《ばつぐん》の美女でも紹介《しょうかい》してあげよう」

「いらん」

　からかい文句を切り捨てる。

「……俺が何年努力してきたと思ってるんだ」

「はは、そうだね。そんなに簡単にあきらめられるような相手なら、六年間も僕の下で働いてなんかいないか」

　六年。もう六年もジェラルドはこの男にこき使われているのか。

　くすくす笑ったセオドアは机の上に金貨を置いた。

　おしゃべりの時間はこれで終わりだ。ジェラルドは雑談をするために呼び出されたわけではない。セオドアの表情は人懐《ひとなつ》っこいものから、為政者《いせいしゃ》のものへとスッと変わる。

「さて。じゃあ、仕事の話に入ろうかな。……例の件を本格的に調べてもらいたい」


　ルルが侯爵邸《こうしゃくてい》に勤め始めて数日が経《た》った。

一日の流れや仕事は飲み込むことができたし、ジェラルドからのボーナスミッションもできるだけ平常心でこなそうとしている（未《いま》だ成功率ゼロだが）。

そんな中、目下の問題は同僚《どうりょう》メイドたちによる嫌がらせだった。

「どうして給仕係《きゅうじ》が掃除《そうじ》なんてしているの？　……ジェラルド様が不在の時は家政女中《ハウスメイド》を手伝うように言われているですって？」

あなた、掃除できるの？　と笑ったメイドたちは、ルルが掃除した箇所《かしょ》をツーッと人差し指でなぞった。埃《ほこり》がまだ残っていると言われ、やり直しをさせられる。

「ちょっとあんた。今朝、十分も長くジェラルド様のお部屋にいたそうじゃない」

ジェラルドに引き留められていたと答えると、なんの話をしたのか、一言一句違《たが》わずに言えと要求された。正直に言えるわけもなく適当にでっちあげると、重箱の隅《すみ》をつつくかのごとくいちゃもんをつけられる。

「あーら、ごめんなさい。気づかなかったわ」

ルルが掃除用のバケツに入った水を運んでいると、後ろから突《つ》き飛《と》ばされた。

廊下《ろうか》に派手に水をぶちまけてしまい、周辺の掃除を担当していたメイドから盛大《せいだい》に顔を顰められる。後始末はルルが担当することになった。

……………。

………………………。

「～～なんってわたしがこんな目にあわないといけないのよ！」

きーっと歯噛《はが》みしながら、ルルは床《ゆか》にモップをかけた。

割り当てられたというか丸投げされた場所を一人で掃除する。

同僚に挨拶《あいさつ》をしてもぷいっと顔を背《そむ》けられるわ、食堂で席に着くと周囲から人はさーっといなくなるわ、メイドたちの反感を買ったルルは孤立《こりつ》していた。

（あんな目立つところでジェラルドがキスなんかするから！）

ただいま、と妻にするようなキスを頭にちゅっとされ、ルルは固まってしまったのだ。

玄関先《げんかん》で「ちょっとあんた何してくれてんのよ！」なんて言えない。言ったら言ったで不敬だと叩《たた》かれたのだろうが……。

「ふっ、こちとら借金抱《かか》えた身よ。いじめられて逃《に》げ出《だ》すと思ったら大間違いなんだから」

こんなことくらいで負けないし、「わたし、いじめられてるの～っ」とジェラルドに泣きつくのも馬鹿馬鹿しい。

さっさと辞《や》めたいと思いながらジェラルドの色っぽい冗談《じょうだん》をかわし、辞めるもんかと思いながらメイドたちからのいじめに耐《た》える……、ゴシゴシとモップをかけるルルは、もはや自分が何と戦っているのかわからなくなりつつあった。

丸めてよけておいた絨毯《じゅうたん》を元に戻《もど》し、ふう、と息を吐《つ》く。

掃除道具を持って廊下を歩いていると、通りかかった部屋から「どうしよう」と切羽詰《せっぱつ》まったような声が聞こえたので足を止めてしまった。

掃除の時間中は換気《かんき》のために部屋の扉《とびら》を開けておくことになっている。廊下から中の様子は丸見えだ。二人のメイドがキャビネットの前で右往左往していた。

「どうかしたの？」

声をかける。ハッとした顔でこちらを見たのは、先日ルルを糾弾《きゅうだん》してきたジェラルド信望者の筆頭であるハリエットだった。

淡褐色《たんかっしょく》の一枚板が張られたキャビネットの側面を擦《こす》っているのはオリアン。雑巾《ぞうきん》の下はインクをぶちまけたかのような黒々とした染《し》みがあった。

「あ、あたしたち、何もしてないわ！」

まだルルが何も言っていないのに、先回りするようにハリエットが弁明する。

口にした後で「あんたには関係ないでしょ！　あっちに行ってよ！」と言われたが、

「あ、そう。じゃあね」と無視するほどルルは冷たくない。

ハリエットよりも冷静なオリアンはとにかく無心で汚《よご》れを擦っていた。

「何もしてないのに、いきなりこんな汚れが出てきちゃったのよねぇ……。インクじゃなさそうだし、擦ってもとれないの」

「オリアン！　この子に余計なこと言う必要ないでしょ」

ハリエットは真っ青だ。

「このキャビネット、ジェラルド様のお母様のお嫁入《よめい》り道具なのよ……！　汚したなんてメイド長に知られたら大ごとだわ！」

ここは現在グランシア領にいるジェラルドの母親の部屋らしい。

クビになっちゃう……と慌《あわ》てるハリエットの気持ちもわかる。

「ちょっとぉ、騒《さわ》いでないで協力しなさいよハリエット。洗剤《せんざい》か何か取ってきてよ」

「洗剤なんかかけて、余計にひどくしちゃったらどーすんの⁉」

「じゃあどうする気よぉ！」

「ちょっと見せて」

オリアンに雑巾をどけてもらう。インクのように滴《したた》り落《お》ちた黒い筋は木材の部分で途切《とぎ》れており、敷《し》かれている絨毯に染みはできていなかった。

「……酢《す》は試《ため》した？」

「酢？」

「多分、これは木材に含《ふく》まれるタンニン——渋《しぶ》の色じゃないかしら」

「……あら、そういえばあなたって家具屋の娘《むすめ》だったわねぇ。ちょっと待ってて、持って
「くるから」

のんびりした口調とは裏腹にオリアンのフットワークは軽い。すぐさま調達して戻ってきてくれたので、ルルはガーゼに酢を染み込ませて黒くなった部分に張りつけた。

「黒く変色してしまった家具のリペアを頼《たの》まれた時、ベテランの職人が酢水で綺麗《きれい》にしていたの。木材の上に金属を長時間置いておくと、黒く変色したりするらしいわ」

「金属なんて触《ふ》れさせてないわ！」

「じゃあ、何かこぼさなかった？　洗剤とか……」

ハリエットがはっとした顔になる。

「絨毯の染み抜《ぬ》きに使っていた重曹水《ソーダ》を、こぼしてしまったわ。で、でも、すぐに拭《ふ》き取《と》ったし、その時は染みにならなかったし……」

「皮を剝《む》いたリンゴと同じよ。こぼしてすぐはなんともなかったかもしれないけど、空気に触れて徐々《じょじょ》に色が変わっていったんだわ」

時間をおいてガーゼを剝《は》がすと——元通り、綺麗な淡褐色の木目が現れる。

オリアンが手を叩いた。

「あらやだ、すごーい！　良かったわねぇ、ハリエット」

「え、ええ……。ど、どうもありがと……」

ハリエットは目の敵にしていたルルに助けられたのが複雑なようだった。

ルルの方も無事に落ちてほっとした。

自分の家具屋の娘としての知識が役立って良かったし——久しぶりに同年代の女の子と話せたことを嬉《うれ》しく思う。

仕事だけを黙々《もくもく》とやっていればいいと思っていたけれど、やっぱりできることなら友人だって欲《ほ》しい。ハリエットは刺々《とげとげ》しいが、オリアンは表立ってルルを攻撃《こうげき》してはこなかったので話しやすかった。

「これって、匂《にお》いは残ったりしないのかしらぁ」

「大丈夫よ。風にさらしていればすぐに消えるわ。お天気もいいし、メイド長に話して、しばらくこの部屋の窓を開けておいたらいいと思う」

「そうねぇ。汚れも綺麗さっぱり消えてるし、報告しても問題なさそうだわぁ」

ね、ハリエット、とオリアンが話を振ると、ハリエットはツンと顔を逸《そ》らした。

「あたしが報告しておくわ。……心配しなくてもちゃんと正直に話すわよ。でも、こんなことくらいであなたを認めたりしないから！」

「ええ？　ハリエットってば、まだそんなこと言って」

「行くわよ、オリアンっ！」

ハリエットは掃除に使った道具を持って出ていってしまう。

ごめーん、と手を合わせながらハリエットを追いかけるオリアンに、ルルは気にしないでと手を振っておく。

溝《みぞ》はなかなか埋《う》まらなさそうだ。


「どうした。元気がないな」

部屋のテーブルに軽食を並べるルルにジェラルドが声をかけた。夕食は部屋で簡単に済ませたいと言われたので、給仕メイドらしくせっせとテーブルセッティングをする。

ジェラルドは部屋で食事をとることが多い。

ルルを呼び寄せる口実……も当然《とうぜん》あるだろうが、ずいぶん忙《いそが》しそうだ。

そろそろ社交シーズン。地方にいる貴族たちが王都に集まりだす時期だからだろう。今も執務《しつむ》机で書類に目を通していた。

「べ、別になんともありません。それより、お食事の準備ができましたのでどうぞ」

「ああ」

執務机から立ち上がったジェラルドは少ししょぼくれているルルの顔を見た。

「俺の良さに気づいて結婚を断ったのを悔《く》やんでいるのか？」

「そんなわけないでしょ！」

「冗談だ。それだけ威勢《いせい》がいいなら大丈夫だと思うが、疲《つか》れているのなら無理はするなよ」

そう言ってぽんと頭に手を乗せられた。

「……え、ええ」

体力的にはどうということはないが、同僚たちからの嫌がらせで精神的にじわじわと疲れが溜《た》まっていた。嫌いな相手に体調を案じられてしまい、少し気が緩《ゆる》んでしまう。

（……いや、惑《まど》わされるなわたし）

気を引《ひ》き締《し》め直す。しかし、その直後、ルルの腹からは空腹を訴《うった》える音がぐう～～と鳴《な》り響《ひび》いた。

（げっ）

ジェラルドはきょとんとした顔でルルを見ている。

うわやだものすごく恥《は》ずかしい上に格好悪い！

実は仕事を押しつけられたせいで昼食に間に合わず、食事をとり損《そこ》ねていたのだ。年頃《としごろ》の娘とは思えぬ怪獣《かいじゅう》のような音を出してしまったことに、かーっと頬《ほお》が赤らむ。

「なんだ。腹が減っているのか？」

「失礼しました。お気になさらないでください」

「使用人の食事までまだ時間があるのか。……一緒《いっしょ》に食べるか？」

「遠慮《えんりょ》します。ジェラルド様の食事ですから」

澄《す》まして言った直後に再び腹が鳴った。全く格好がつかない。

「いいから隣《となり》に座れ。……ほら」

ローテーブルの前のソファに座ったジェラルドから、フォークに刺《さ》さったミートボールを差し出される。拒否《きょひ》したら「座れ。命令」。渋々《しぶしぶ》受け取ろうとすると、「口を開けろ」。

ルルは抵抗《ていこう》したが、命令だと言われれば逆らえなかった。

恥ずかしい空腹音を出した罰《ばつ》としてあーんの刑《けい》に処されるらしい。なぜかジェラルドから食べさせてもらう羽目になる。

「どうだ？」

「おいひいです……」

トマトソースで煮込《にこ》まれた肉に、さっぱりとしたヨーグルトソースが合う。軽食を所望《しょもう》したジェラルドのために胃もたれしないような味付けがされており、料理人たちの気遣いを感じた。

機嫌《きげん》をよくしたジェラルドはパンをちぎってルルの口元に持ってくる。

「ほら」

「も、もういいです……」

ジェラルドの食べる分がなくなってしまう。

「いいから食べろ」

「いや、じゃあせめて自分で」

「だめだ。俺は今、この時間を楽しんでいる」

楽しんでいるの⁉

口に入れられたロールパンにはレーズンが巻き込まれており、噛《か》むとカルダモンの香りが鼻に抜けた。手が込《こ》んでいて美味《おい》しい。そんなルルの表情を見てジェラルドは満足そうに笑った。……餌《えさ》やりでもしている感覚なんだろうか。

「お、お茶！　淹《い》れますね！」

いつまでも続きそうな「あーん攻撃」から逃げるため、ルルは勢いよく立ち上がる。

酒ではなくお茶が飲みたいとジェラルドから事前に命じられていたのだ。カップを温め、茶葉を準備し、砂時計できっかり蒸《む》らし時間まで計る。

メイド長から徹底的《てっていてき》にしごかれたお茶の淹れ方だ。注ぎ口から最後の一滴《ゴールデンドロップ》が落ちるまで真剣に見届けた。

そのお茶を一口飲んだジェラルドが「美味《うま》い」と言う。

「練習したのか？」

「え、ええ。一応」

「初日よりも格段に美味くなっているぞ」

上達しているとはいえベテランのメイドが淹れたお茶の方が千倍美味しいはずなのに。

「あ……ありがとうございます……」

頑張《がんば》った努力を褒《ほ》められているようで不覚にもちょっとぐっと来てしまう。

「なんだかんだ言いつつお前は真面目だな。金だけ貰《もら》って適当にやらないところがお前らしい」

「当たり前でしょ。雇《やと》ってもらってる身なんだから給料分の働きはちゃんとします」

「まだまだ借金返済までは遠いんだ。無理はするなよ」

ゆったりとティーカップを傾《かたむ》けるジェラルドから、真っ当な優《やさ》しい言葉をかけられる。

振りまわされてばかりだが、雇い主《ぬし》としては優しいところもあるのかもしれない。

改めて考えてみれば彼はルルよりも年上で、なんだか今日は年上らしい余裕を感じられた。ほわっと心が和《なご》み、「ありがと」とはにかんでしまう。

ジェラルドもこちらを優しく見つめ返してきた。

なんだかいい雰囲気《ふんいき》になり、ルルはどきっとしたものの——……

「——って、危《あや》うく絆《ほだ》されるところだったわ！」

我に返る。

「危うくとはなんだ。素直《すなお》に俺に甘やかされておけよ」

「いや、そもそもわたしが疲れているのはあんたのせいだからね⁉　あんたが人前でキスなんかしたから！」

そのせいでメイドたちから誤解を受け、責められているのだというと、悪びれない態度で「仕方がないだろう」と言われた。

「お前が出迎《でむか》えてくれたのが嬉しかったんだ。だからつい、手を出してしまった」

「つい⁉　と、とにかく、ああいうのはやめてくれない？」

「なるほど、つまり二人きりならいいということだな。ちょっともう一度ここに座れ」

「嫌よっ。何する気⁉」

「まだ一度もボーナスを手に入れてないだろ。早く辞められるように協力してやる。俺を誘惑《ゆうわく》するような甘い言葉を言えたら金を出してやるぞ」

そもそも、ジェラルドにからかわれることを込みで日給三万という高い給料が発生しているのだ。

ルルがジェラルドの行動に文句をつけられる立場じゃないし、こうしてボーナスのサービスがあるなら、我慢《がまん》して、積極的に受けなくては……。

「………」

渋々ソファに腰《こし》かけ直したルルにジェラルドは笑う。

「最初の頃《ころ》の威勢はどこへ行った？　まあ、恋愛《れんあい》に免疫《めんえき》のないお前にはハードルの高すぎる命令だな。こんな簡単なこともできないとは、借金返済はいつになることやら。それとも、わざと焦《じ》らしているつもりなのか……」

「そんなわけない！　やるわよ、やればいいんでしょ！」

売り言葉に買い言葉。

くっと顎《あご》を上げて強気に言い返すルルに、ジェラルドはさあどうぞと言わんばかりの意地の悪い顔をした。むかつく。見てなさいよ、あんたがボーナスの大盤《おおばん》振《ぶ》る舞《ま》いをしたくなるような甘いセリフを披露《ひろう》してやるわよ。

「え、えーと、あなたの綺麗な瞳に見つめられると、わたしの心は熱く燃え上がり」

「それは少し前に流行《はや》った歌の歌詞だな。ちゃんと自分で考えろ。できないなら別に態度で示してくれても構わないが」

「態度って」

「こんなふうに」

肩《かた》を抱《だ》かれて迫《せま》られたルルは叫《さけ》んだ。

「ぎゃーちょっと無理無理無理無理」

寄ってきたジェラルドを押し返してしまう。

酒の席での酔《よ》っ払《ぱら》いを押しのけるかの如《ごと》き対応をしたルルに、ジェラルドは呆《あき》れ顔《がお》だ。

「色気のない声を出すな。俺に迫られてもなんとも思わないと言っていたくせに……」

「な、なんともないわよ!?　これは不意打ちで動揺《どうよう》しているだけで」

「赤くなっているのはときめいているわけではないと」

「そうよ！　これは……、怒《いか》りで赤くなっているのよっ！」

早く機嫌を取るようなことを言って解放してもらおう。そう思うのに、なぜか意識してしまって何も言葉が出てこない。

「あ、明日っ！　明日再挑戦《ちょうせん》しますっ！」

結局、部屋から逃げ出してしまう。

こんなことでは本当にいつまで経っても借金は減らない。

人前でのいちゃいちゃも嫌、二人きりで迫られてもダメ。そろそろ、お前は借金を返す気があるのかと言われてしまいそうだとルルは頭を抱えてしまう。


大慌《おおあわ》てで部屋を飛び出したルルを見送ったジェラルドは「食器はどうするつもりなんだ」と笑ってしまう。片付けるためにこの部屋に戻ってこないといけないのに、敵前逃亡《とうぼう》するなんて馬鹿なやつ。すごすご戻ってきたところをからかってやってもいいが、度を越《こ》しすぎて嫌われたら元も子もないので、これでも手加減はしてやっているつもりだった。

楽しい空気を変えるように、冷静なノックの音が響く。

「――ジェラルド様、よろしいですか？」

「ああ、アンソニーか。入れ」

ルルと入《い》れ替《か》わりで入ってきた従者は食べ終わった食器をちらりと見て、手短に済ませますと言った。ルルが戻ってくる時間を計算しているのだろう。

「例の件を調べさせましたが、やはり贋金《にせがね》が出回っているのは王都近郊《きんこう》に限られた話のようです。地方では見つかっていません」

「そうか。とすると、やはり王都にいる人間が偽《にせ》のガロン金貨をばらまいているのか」

「発見された場所も様々です。貴婦人御用達《ごようたし》の香水《こうすい》店や装飾《そうしょく》品の店だけなら貴族の関与《かんよ》を疑いますが、下町の肉屋や定食屋でも見つかっています。流通区画も絞《しぼ》り込めませんので、王都全域に流通していると捉《とら》えるべきでしょう」

まだ公《おおやけ》にされていないが、今、王都では偽のガロン金貨が出回っていた。

ジェラルドがシーズンに先駆《さきが》けて王都に滞在《たいざい》しているのは、数年ぶりに社交の場に出ることになるための準備というのが表向きの理由。そして、この贋金事件について調べるように王太子セオドアから命じられているからでもある。

……六年前。没落《ぼつらく》寸前だった侯爵家のことをジェラルドは内心で見限っていた。

母はどうにか立て直せないかと奔走《ほんそう》していたが、父は愛人にうつつを抜かす始末。

社交界からも遠ざかっていたため、ジェラルドは投げやりな気持ちで庶民《しょみん》校に入学した。

どうせ没落するんだから、貴族の学校に行っても学費が無駄《むだ》だと思っていたのだ。

身分を誤魔化《ごまか》して入学した学校では一庶民として振る舞っていたが――目立つ銀の髪と自分の容姿から、グランシア侯爵の隠し子ではないかと噂《うわさ》された時期があった。

隠し子ではなく実子なのだが、金目当てに「念のため」擦《す》り寄《よ》っておこうという輩《やから》はこてんぱんにしてやったし、容姿に惹《ひ》かれて寄ってくる女子生徒にも暴言を吐《は》いてやったら大泣きされた挙句にある事ない事言い触らされた。

かえって人付き合いをしなくてよくなったと思っていた時にジェラルドの手を取ったのは、年下の女子生徒だった。

『はじめて会った時にあ、あなたのこ、こ、ことを何も知らず、に、いきなりいじめっ子だって決めつけてしまっていたから、……失礼だったかなって。謝りたいと思っていたの』

後《のち》にルル・エインワーズと名乗った少女がそう口にした時、ジェラルドは「ああ、こいつもか」と思った。

こいつもどこかからジェラルドの噂を嗅《か》ぎつけ、機嫌を取りにきたのか。

『こんなことくらいで俺が絆されると思うなよ』

友人なんて必要としていなかったジェラルドはそれでルルを追《お》い払《はら》ったつもりだったのだが。

『ふっ……ざけんじゃないわよ！　あんた、何様よ⁉』

――まさか頭突《ずつ》きを食らうなんて思わなかった。

女ならビンタとかだろうが。というかそもそも男に手を上げるなよ。

怒りのままに行動しましたと言わんばかりの向こう見ずな行動と、

『下心で近寄ってくる人間なんか蹴散《けち》らせるくらい、あんたが魅力《みりょく》的な人になればいいのよ』

まっすぐすぎる言葉に目が覚めたような気持ちになった。

こいつはなんで顔見知り程度の俺に説教なんかかましているんだ。

ジェラルドが金持ちだろうが貧乏《びんぼう》だろうが知ったこっちゃないと言っていたが、本当に俺がやんごとなき家の人間だったらどうするつもりなんだ。――多分、何も考えていないんだろうな。「言ってやったぞ！」と言わんばかりの表情を見ていると、頑《かたく》なだった自分が馬鹿馬鹿しくなって笑えてきた。

かわいいな、と思った。

なんのしがらみもなく、自分の気持ちに正直に生きている姿はジェラルドにとってただただ眩《まぶ》しかったのだ。


庶民としてこの学校で生きていくのも悪くはないかもしれない。この年下の少女をからかいながらの学園生活というのも捨てがたかったが、言われっぱなしというのも癪《しゃく》に障《さわ》る。

俺が侯爵家の人間だったと知ったら、この少女はいったいどんな反応をするのだろう。

こんなところで明かしてやるつもりはない。どうせなら――そうだ、こんなところでくすぶっていないで、本来の地位と名誉《めいよ》を取り戻した状態で目の前に現れてやる。

正体を知ったら、媚《こ》びたり、態度を改めたりするんだろうか。

(変わらないでほしい)

どうかまっすぐな性格はそのままで。キスをしたジェラルドは心の中で不敵に笑う。

(俺にこんな思いを抱《いだ》かせた責任はとれよ)

落ちぶれた生活のせいで荒《すさ》んでいた心は、ルルに煽《あお》られたことで再び熱を取り戻した。

――その勢いのまま、ジェラルドは退学を決意した。

当時、立太子の儀《ぎ》を控《ひか》えていた第一王子セオドアに自分を売り込むことにしたのだ。

『俺を使ってもらえませんか?』と。

父のように自棄《やけ》になるのでも、母のように領地を走り回るだけでもなく、ジェラルドは自分にできることを模索《もさく》した。そして、使い勝手のいい駒《こま》を探していたセオドアとジェラルドの利害が一致《いっち》した結果だった。

グランシア侯爵家を立て直すための助力をしてもらう代わりに、ジェラルドは現状以上の地位も名誉も求めず、セオドアの犬として働くことを約束したのだ……。

「──以上の件はセオドア様にも報告を上げています」

そう締めくくったアンソニーはセオドアからの『借り物』だ。

淡々《たんたん》と報告書を読み上げるアンソニーの真の主《あるじ》はセオドアであり、主の目的のためにジェラルドに従っているだけの男は、ジェラルドがルルを囲うと決めても別段驚《おどろ》きも止めもしなかった。

優秀《ゆうしゅう》な男だが、ジェラルドはアンソニーから主人として認められているわけではない。

空疎《くうそ》な主従関係をたまに虚《むな》しく思いながらもジェラルドは報告に頷《うなず》いた。

「……それと、これは私見ですが気になることが」

「なんだ」

「不審《ふしん》な輩が八番街に出没《しゅつぼつ》してるようだと報告が上がっています。外国人がガロン硬貨《こうか》を狙《ねら》ったスリや恐喝《きょうかつ》を行っているそうです。……調べますか？」

勤め始めて一週間ほどが経ったが、状況《じょうきょう》はあまり変わっていない。

「ルルさん。掃除はいいから、あなたちょっとお使いに行ってくださるかしら？」

……と、年上のメイドたちに掃除道具を取り上げられたルルは、重たい包みを持って八番街をうろうろとしていた。今日も例によってルルへの意地悪だ。

出入りの業者が工具を忘れていったらしく、届けてほしいと頼まれたのだが、……包みはやたらと重いし、渡《わた》された地図はわかりにくいことこの上ない。

「全然たどり着かないんだけど？　本当に八番街？」

この辺りはあまり治安がよくないので、できればさっさと用事を済ませて帰りたい。

「こういう嫌がらせっていったいいつまで続くものかしら。そろそろ飽《あ》きられてもいいと思うんだけど」

地図を手に彷徨《さまよ》っていると、自分と同じお仕着せ姿の少女が走ってきた。誰《だれ》だろうと思ったらハリエットだ。慌てたような顔をしていた彼女はルルの姿を見つけると、はーっと息を吐き、そして思い出したかのように苦々しい顔を作る。

「あら、ハリエット？　どうしたの？」

「やっと見つけた……。あんた、何を言われてここに来たわけ？」

「え？　工具を届けに、はち番街まで」

「しち番街よ。あの人たち、わざとわかりづらく言ったの。その地図も七番街の地図よ」

「あー……なるほど、道理で変な地図だと思ったわ……」

単に遠くの街まで重い荷物を抱えて行ってこいと言う嫌がらせかと思ったが、相手のほうが少し巧妙《こうみょう》だった。

「ちなみにその忘れ物も別に急ぎじゃないらしいし」

「工具なんでしょ？」

「工具っていうか、ゴミ？　交換《こうかん》した配管を忘れていったの。取りに来させればいいのに、暇《ひま》してるあんたに運ばせればいいって誰かが言ってたのを聞いたの」

「どうしてハリエットがわざわざ教えにきてくれたの？　今って、掃除の時間よね？」

ルルはぱちぱち瞬《まばた》きをしてハリエットを見る。

お仕着せ姿なので非番でもなさそうだし、火急の用でルルを呼び戻しにきたのかと思ったがそういうわけでもなさそうだ。

「あ、……危ないでしょ！　女一人で治安の悪い街を歩くなんて」

「心配してくれたの？」

「別にっ。この間のキャビネットのお礼っていうか、借りを作るのって好きじゃないからよ！　それに、先輩《せんぱい》たちはちょっとやりすぎだなって思っただけ！」

ツンと顔を逸らされたが、ルルと和解してくれる気があるらしい。

他のメイドに騙《だま》されて無駄足《むだあし》を踏《ふ》まされたことよりも、ハリエットが自分を心配して来てくれたことを嬉しく思った。口調はきついし、ぽっと出のルルのことを良く思っていなさそうな節は変わりないが、根は悪い子じゃないのだろう。

ハリエットからは、何へらへらしてんのよ！　と睨《にら》まれてしまった。

「早く帰るわよ！　あたし、仮病《けびょう》を使って抜けてきたんだからっ。本当ならオリアンにアリバイ工作を頼もうと思ったのにいないし……」

「オリアン、休みなの？」

「ええ。寮《りょう》にもいなかったから外出してるみたい。あの子、休みのたびにしょっちゅうどこかに行ってるのよね。ぼーっとしてるようだけど要領のいい性格をしているし、ああ見えてもしかしたら恋人《こいびと》とかいるのかしら」

仕事をサボっているのが後ろめたいのか、あるいはルルに親切にしていることが気まずいのか、口数が多いハリエットと急ぎ足で街を歩く。

行きはややこしい地図に気を取られて気にしていなかったが、通りを歩くメイド服の少女二人組は少し目立っていた。裏通りを突っ切ったほうが早そうだが、そちらはいかにも不審者がいそうで、女二人で変な道に入る勇気はない。

正面から歩いてきた異国人がルルとハリエットに目を止めた。

「もし、お嬢《じょう》さん方」

「な、なんでしょう……」

いきなり話しかけられる。

小柄な中年男で、隣国《りんごく》アーロックに多い褐色《かっしょく》の肌《はだ》をしているが、ウィスタリア語は流暢《りゅうちょう》だった。警戒《けいかい》する女二人をじっと見ていた男は、ぱっと破願する。

「やあ、きみたちは運がいい。良かったらこのアクセサリー、買わないか？　安くしておくよ」

「え……」

（露天商《ろてんしょう》……？）

とは少し違う。

懐《ふところ》から取り出した剝き身のペンダントには大粒《おおつぶ》の青い宝石が嵌《はま》っている。「今なら一万ガロンだ」と本物の宝石であれば格安の値段を提示されたが、ルルとハリエットは顔を見合わせた後、首を振った。

「あたしたち、急ぎますので」

「ええ、失礼します」

八番街ではこういう押しつけがましいセールストークで商売をするのだろうか。

いかにも怪《あや》しげな相手に構っていられないと、二人はさらりと受け流して逃げようとした。しかし、男がハリエットの手を掴《つか》む。

「いいじゃないか、いいとこのお屋敷《やしき》勤めでお給料もそれなりに貰ってんだろ？　哀《あわ》れな下層の人間に恵《めぐ》んでくれよ……」

男はルルの上質なお仕着せから、金を持っていると判断したようだ。

商売人でも物乞《ものご》いでもなく、恐喝に近い。ハリエットは強気に言い返した。

「離《はな》しなさいよっ」

「帰してほしけりゃ金を出せ。持ってんだろ？　一万ガロンくらい……」

「生憎《あいにく》だけど持ってないわ」

同僚のピンチに、ルルは抱えていた重たい包みを男に向かって投げた。男の足《あし》の甲《こう》に包みが落ち、ハリエットを掴む手が緩む。二人は逃げ出した。

「待ちやがれ！」

二人の後を男が追いかけてくる。

「待つわけないでしょ！」

「な、なんなの？　あの人！」

「恐喝？　治安悪すぎない⁉」

一対一なら怖《こわ》くて泣いていたかもしれないが、ルルとハリエットは恐怖《きょうふ》と動揺を紛《まぎ》らわすように走りながら大声で喋《しゃべ》る。

やがて男は追いかけてこなくなった。

振り返り、安全を確認《かくにん》したルルとハリエットは口々に「なんだったの？」と言い合いながら、通りの隅で息を整え合う。その二人の背後に男の影《かげ》が迫り、

「──おい」

「ぎゃあっ⁉」

二人は声を上げて抱き合った。追いつかれたのかと思ったのだ。

しかし振り向くとそこにいたのは、まばゆく輝《かがや》く銀髪《ぎんぱつ》のご主人様。

ハリエットは安心したのかへなへなと座り込んでしまう。通りにはグランシア家の馬車が停《と》まっていた。

「こんなところで何をしているんだ。……いや、話は馬車の中で聞こう」

乗れ、と指示されたハリエットは慌てふためいていた。憧《あこが》れのご主人様の馬車に乗れるわけがないと恐縮《きょうしゅく》した態度をとる。

「と、とんでもございません。あたしたち、歩いて帰れますので っ」

ルルも頷く。

「ええ。お気遣いなく」

「いかにも何かあったと言わんばかりのお前たち二人をこんなところに置いてはおけない。

ほら、来い」

やや強引だが、心配そうなジェラルドの顔を見たハリエットは頬をぽっと赤く染めた。

「で、では、あの、お言葉に甘えて」ともじもじしながらも馬車に乗り込んでいる。続こうとしたルルに、扉の前に立っていたジェラルドの「立ち寄ってみて正解だったな」という呟《つぶや》きが聞こえた。

（こんな王都の端《はし》っこで、ジェラルドこそ何をしていたのかしら……）

彼と向かい合うように座らされたルルとハリエットは早速《さっそく》「事情聴取《ちょうしゅ》」された。なぜこんな目にあったかわからないメイド二人に、ジェラルドは答えをくれる。

「ウィスタリア王国の金貨は価値が高いから、外国人が上質な金欲しさに流れ込んでいるんだ。カネを持っていそうな人間から金貨を巻き上げ、自国に帰って換金《かんきん》する目的だろう」

「……？」

ちょっとよく意味がわからない。

ルルたちは宝石の偽物《にせもの》を売られかけていたという意味だろうか。

ジェラルドはもう少しかみ砕《くだ》いた説明をくれた。

「あの男が一万ガロンでお前たちに品物を売ったとする。手に入れたガロン金貨を国に持ち帰れば、この国でいう二万ガロン以上で引き取ってもらえるんだ」

「倍値がつくの？　どうして？」

「質のいい金は貴重だ。あの男の出身国であるアーロックの金は粗悪品《そあく》ばかりで、アーロック金貨は鉄や銅を含んだ混ぜ物ばかりなんだ」

　ウィスタリア金貨一枚＝アーロック金貨二～三枚分になる。金貨は国外への持ち出しを禁じられているため、国を出ていく前に換金させられるのだが、どうにか隠して出国し、大金と引き換《か》えられないかと考える不届き者がいるのだそうだ。

「そんなことばかりされたら、この国から金貨がなくなっちゃうわね」

「……そう。金貨の枚数が減ってないのが問題なんだ」

「？」

　誰に聞かせるわけでもなく、ジェラルドは疲れたように呟いた。

　ちらりと隣のハリエットを見ると、口を挟《はさ》むことなく真剣な顔でジェラルドの話に耳を傾けている。

（いや、この目は聞いてないわね）

　金貨のトレード事情など一介《いっかい》のメイドにとってはさして興味のある話ではない。心の中では「あーんジェラルド様素敵《すてき》～」「こんな近くで話せるなんて幸せ～」と思っていそうな顔だった。

「――それで？　ルルはあんなところで何をしていたんだ？」

「ほう。なんの？　掃除の手伝いをしているとは報告を受けているが、屋敷を出ていたとは知らなかった。それから、お前も家政女中だな。仕事の時間に二人して屋敷の外をふらしているとは何事だ？」

「え、えーっと、おつかい？」

ギクッと身をこわばらせたハリエットは青くなる。

仕事をサボったことを咎《とが》められたと思った彼女は即座《そくざ》に自己保身に走った。

「お許しください、ジェラルド様！　お姉さま方がルルに雑用を頼んでいて……。この辺りは治安が悪いから、あたし、心配で追いかけてきたんです！」

「そうなのか、ルル？」

「え、ええまあ、……そうです」

「そうか、ここのところ疲れていると思っていたが、雑用を引き受けていたんだな。お前の仕事は俺の給仕係だ。本業に差し障るようでは困る」

手を伸《の》ばしたジェラルドがルルの頬に触れた。

恋人に向けるような優しい微笑《ほほえ》み。その瞳は意地悪な色を宿している。

(ちょっと！　ハリエットもいるのにやめてよ！)

こんなところでベタベタ引っつかれたら、また誤解を与えてしまう。

「おおお気遣いは不要ですのでっ」

「そんなことを言うな。早急《さっきゅう》に手を打とう」

「手を打っていったい……、いや、わたしは平気ですからご心配なく！」

これ以上、変な噂になるようなことはしないでほしいと視線で訴えてみるがジェラルドはしれっとした顔でルルを見つめて微笑んでいる。

そんなジェラルドの甘い様子をハリエットは呆気《あっけ》にとられたような顔で見ていた。


その日の夜、ジェラルドが現れたのは使用人用の食堂だった。

突然《とつぜん》現れた主人の姿に驚き、食事などとっている場合じゃないと皆《みな》が立ち上がりかける。

気にしなくていいと周囲を押しとどめたジェラルドは、一人で座っているルルの横にやってきた。突然の襲撃《しゅうげき》にルルの手にしていたスプーンから芋《いも》が逃げる。

「こんなところに何しにき――たんですか？」

「お前が心配で様子を見にきたんだ。悪いか？」

ジェラルドは身をかがめるとルルの額に自分の額をこつんと当てた。

いきなり迫られてルルは仰天《ぎょうてん》する。食事をひっくり返さずに済んだのは奇跡《きせき》的だった。

「……あんな治安の悪い区域を歩いているところを目撃《もくげき》した俺の身にもなってくれ」

静まり返っている食堂にジェラルドの甘い声音《こわね》がよく響く。

何人かのメイドはジェラルドの言葉に身を竦《すく》ませていた。

だが、大半は憤怒《ふんぬ》の表情だ。まるで恋人に接するようなジェラルドの態度に、ルルは小声で批判する。

「ちょっと、ねえ、なんのつもり!?　ますます働きにくくなるんだけどっ」

主人が一メイドに入れあげているだなんて大問題だ。

だがジェラルドは構わず爆弾《ばくだん》発言をする。

「本当はお前に仕事なんてさせたくない。──どうして俺の求婚を受けてくれないいんだ?」

こ、い、つ!!

なんでこの場でそんなことを言い出すのか。

使用人たちは全員驚いている。

当たり前だ。しかも妾《めかけ》ではなく正妻に?　と混乱と驚愕《きょうがく》の表情で目を見開く彼らの前で主人を罵《ののし》ることもできず、ルルは、

「う、受けられるわけな──ありません!　身分が違うんですから」

ともっともらしい返答をしてしまう。

その答えを聞いたジェラルドは切なそうに眉根《まゆね》を寄せた。

「……六年前、没落寸前だった俺にとってお前の明るさは希望だった。誰からも見向きもされなかった俺を、お前だけが見つけてくれたんだ」

ルルの手を取り、指先に口づける。

（ちょっとなんのつもり⁉）

いかにも演技していますといった情感たっぷりの視線。

ルルには嘘《うそ》くさいペテン師の表情にしか見えないのだが、『ジェラルドは没落寸前で苦労していた』と話をしていた者たちはハッとし、感じ入ったような顔をしている。

ここまでくるとルルにもジェラルドの目的が読めた。

――お気に入りのメイドは子どもの頃に恋《こい》をした相手。

ルルは身分差を理由に求婚を断った奥ゆかしい女で、ジェラルドを誑《たぶら》かそうとしているような悪女ではないと使用人たちの前でアピールしているのだ。メイドたちのひそひそ声がルルの耳に入ってくる。

「どういうこと？　ジェラルド様の片想《かたおも》いなの？」

「子どもの頃、あの子がジェラルド様をお支えしたってこと？」

「やだ。そんなに昔から一途《いちず》に想っていらしたなんて……。なんて素敵な純愛なの！」

（合っているようで絶妙《ぜつみょう》に違う!!）

単にルルをいじめた者を吊《つ》るし上《あ》げたところで、ルル悪女説が加速するだけだろう。だからこそジェラルドは自分の方がルルに惚《ほ》れているのだと一芝居《ひとしばい》打っているのだ。

「ですから……、わたし、あなたのことが嫌いで——」

皆の前で「嫌い」という表現はまずいか？

「えー……ジェラルド様にふさわしくありませんので」

「ふさわしいかふさわしくないかは俺が決める」

「わたし、働いていたいので」

「だから仕事を与えたんだろう？　もっとも、俺が頼んだ仕事以外のこともお前はしているようだが——……」

何人かのメイドがぎくりと肩を竦ませ、俯《うつむ》いている姿を見たジェラルドは脅《おど》しが利いたと満足したらしい。

ルルの耳元で上機嫌《じょうきげん》に呟く。

「……これで、働きやすくなっただろう？」

ルルが求婚を突っぱねようが頷こうが使用人たちに受け入れられるように、外堀《そとぼり》を埋めにかかられようとしている。こいつ、なんてことをしてくれたんだ！

怒りに打ち震《ふる》えるルルは、端から見たらジェラルドの睦言《むつごと》に赤くなっているようにしか見えない。

「すまない、邪魔《じゃま》をしたな」と去っていくジェラルドの姿を睨みつける。

この状況でこの場に取り残されるわたしの気持ち、わかる⁉

借金はまだたっぷり残っている。ジェラルドご執心《しゅうしん》のメイドとして気を使われて働かされるなんて耐えられない。

一刻も早く辞めてやる！　そのためにはメイド業と気まぐれなボーナスの指示をこなしているだけじゃだめだと考えを改める……。

四章　デートは休日手当付き？

ウィスタリアの花が満開になる頃《ころ》、シーズンを迎《むか》えるために貴族たちが続々と王都やその近郊《きんこう》のタウンハウスへとやって来ていた。

これから初夏にかけて王都で商売をする者にとってはかき入れ時だ。お忍《しの》びで街に出て食事や買い物を楽しむ貴族も多い。

グランシア侯爵邸《こうしゃくてい》は特にこれといって変わりはなかった。

ジェラルドの母親は領地で過ごされるとのことでお迎えの支度《したく》もいらないし、夜会の招待状はどっさり届くが侯爵家が会を主催《しゅさい》する予定はないため、使用人が増減することもない。先日のジェラルドの牽制《けんせい》のおかげでルルはいじめられることなくメイドとして働き、周囲からは主人との恋《こい》の行方《ゆくえ》を生温《なまあたた》かく見守られている——……ようではダメだ！

「だからね、父様。商会の今後のことを真剣《しんけん》に話し合いたいの」

休日になり、エインワーズ商会に帰ったルルは、久しぶりに父、母、弟と四人でテーブルを囲んだ。

議題はエインワーズ家の今後について。母が紅茶を淹《い》れてくれる。

「ハイ！　俺は姉さんが侯爵様と結婚《けっこん》しちゃえばいいと思います！」

「却下《きゃっか》です。次、父様」

「……と、父さんはできれば店を畳《たた》みたくない。ルルに頼《たよ》り切ることになってしまって申し訳ないが、そのおかげで家や家財道具は売らずに済んでいるわけだし……。やっぱり金を稼《かせ》ぐと言ったら、新しい家具で話題を呼んで立ち直るしかないと思うんだ……」

ダミアン伯爵《はくしゃく》からの突然《とつぜん》の契約破棄《うらぎり》が堪《こた》えたらしく、王都に戻《もど》ってきてからの父の精神状態はボロボロだった。家長としての自信がすっかりなくなってしまい、テーブルにのの字を書きながらぼそぼそと喋《しゃべ》る。

「母様はどう思う？」

「仮にこの建物を手放したとしても、今後の我が家はどうする？　って感じなのよね。ルルちゃんが侯爵様のもとでお世話になっている間、このシーズン中に新しい顧客《こきゃく》なり出資者なりを捕《つか》まえるべきじゃないのかしら」

ルルも母と同意見だった。

「と、なるとやっぱりこれよね」

テーブルの上にでんっと木箱を置く。

緩衝《かんしょう》材と共に中に収められているのは、父とガラス職人がギリギリまで開発していたガラス製品だ。サンプルとして作られた丸みを帯びたグラスを手に取る。

虹色《にじいろ》ガラス、と名付けられたその品は、透明《とうめい》なガラスの表面に金属粉を蒸着させて作ったものだ。乳白色がかった表面に虹のような膜《まく》が張って見え、角度を変えていつまでも見ていたくなるほど美しい。

「絶対に話題性はあると思うのよ。食器だけじゃなくて、化粧《けしょう》品の瓶《びん》とかに使っても可《か》愛《わい》いと思うし……」

「ああ～……、女性向けに品物を作るってこと？」

「エッチング加工してガラスの表面に模様を描《えが》いた品も何年か前に女性の間で流行《はや》ったわねえ。やっぱり社交界でご令嬢《れいじょう》やマダム向けに流行らせることを考える？」

「父さんは家具に使っても可愛いと思う……」

家族で会議を開きながらも、「でもうちに人を雇《やと》う余裕《よゆう》がない」「まずは小さなものから始める？」「シーズンが終わってしまうぞ」と悩《なや》みは尽《つ》きない。

トーマスはちらりとルルの顔を窺《うかが》った。

「侯爵様に頼れないの？」

「──頼るって？　具体的にどうしろっていうのよ」

「怖《こわ》っ、なんで姉さん、そんな喧嘩腰《けんかごし》なのさ」

トーマスはやたらとジェラルドを頼りたがる。弟にとっては商会や姉のピンチを救ってくれた「侯爵様」に悪い感情はないらしい。

「シーズン期間中、興味のありそうな貴族を紹介してもらえたりとかさー。頼《たの》むだけ頼んでみたら？」

「……………」

今のところジェラルドはただ単に借金を立《た》て替《か》えてくれただけの債権者《さいけん》というスタイルをとっており、エインワーズ商会の経営方針を決めたり口を挟《はさ》んだりはしていない。

（俺が金出してやっているんだから俺の命令に従え！　商会の今後は俺が決める！　……とは言わないのよね、ジェラルドって）

父や母からも好印象である。

（多分、わがままに振《ふ》る舞《ま》っているのはルルに対してだけだ。頼めばジェラルドは手を貸してくれるかもしれないけど……。でも、あんまり頼りたくない……）

身体《からだ》で払《はら》え的に迫《せま》られるからではなく。

お金も仕事も、何もかもジェラルドに依存《いそん》する羽目になるのは避《さ》けたいのだ。しかし、代わりに伝手《つて》があるかというと何もない。

家族の期待を受けたルルは、不承不承ながら「あまり期待はしないでよ」と頷《うなず》いた。

エインワーズ家家族会議を終え、ルルは侯爵邸に帰るために速足で街を歩く。

父は屋敷《やしき》まで送ろうかと言ってくれたが、まだ明るいし大丈夫《だいじょうぶ》だと断った。娘《むすめ》のルルが借金のカタに働かされているような状況《じょうきょう》になってしまっていることに罪悪感があるようだ。どこの家庭も、年頃《としごろ》の娘はそろそろ嫁《とつ》ぎ先が決まっていてもおかしくない。

（わたしの友達もほとんど皆《みな》、相手がいるしなぁ……）

同じ中流階級家庭に嫁ぐ子もいれば、下級貴族の元に嫁ぐ子もいる。

友人たちからは「エインワーズ家が借金で困っているのはわかっているけれど、実家や婚家《こんか》に迷惑《めいわく》をかけられないから援助《えんじょ》はできない、ごめんなさい」と謝られたものだ。彼女たちの言うことはもっともだし、責めるつもりはない。そこは気にしていないのだけど……。

ぼーっと歩いていたルルは前方不注意だった。すれ違《ちが》った男性に肩《かた》が当たってしまう。

ぶつかったのはルルの方だが、

「うわっ」

「危ない！」

体格差のせいでこちらがバランスを崩《くず》してしまった。男性はよろめいたルルの身体を咄《とっ》嗟《さ》に抱《だ》き寄せて支えてくれる。

「すみません、レディ。大丈夫ですか」

「大丈夫です。す、すみません……」

見知らぬ若い男性に密着することになってしまったルルは慌《あわ》てた。

すらりと背が高く、仕立てのいいジャケットを身に着けた、良家の子息風の青年だ。

柔《やわ》らかそうな茶髪《ちゃぱつ》に優《やさ》しそうな面立《おもだ》ち。ジェラルドのようにきらきらしい美形ではなく、上品でほっとするような雰囲気《ふんいき》の持ち主だ。

そんな人がなぜかルルの顔をじいっと見つめてきた。

「あの……？」

「……もしかして、ルルちゃん……？」

「え？」

「ああ、やっぱり！　ルルちゃんでしょう、エインワーズ商会の！」

（……誰《だれ》だったたっけ）

取引先のご子息だったかしら、と戸惑《とまど》うルルに青年は苦笑《くしょう》する。

「……無理もないか。卒業してからだいぶ経《た》つし、僕も面変わりしちゃったから……。同じクラスだったロイだよ。ロイ・コールドスミス。覚えてないかな」

「……………。……ああ！　コールドスミス商会の！」

ロイの顔ではなく家名の方で覚えていた。

コールドスミス商会も家具販売《はんばい》を家業とする、いわばライバル商会だ。仕事もプライベートも特に交流はない。ロイが自分のことを覚えていたことに驚《おどろ》いたくらいだ。

「久しぶりだね、ルルちゃん。……あの、商会の方は大変だって聞いたけど大丈夫かい？」

「あ、うん。えっと、心配ありがとう」

商会同士の付き合いで既《すで》にある程度の事情は知っているらしい。

気遣わしげな表情を浮《う》かべるロイに、ルルはかいつまんでこれまでの経緯《けいい》を話した。どうせ、グランシア侯爵家が借金を肩代《かたが》わりしてくれていることなどどこかから漏《も》れてしまうだろうと思い、今はジェラルドの元に身を寄せているのだと正直に話す。

「ジェラルドって、あの、ジェラルド・フィリー⁉ ……あ、フィリーってのは偽名《ぎめい》だったんだっけ……」

「ええ、そう。そのジェラルドよ。メイドとして雇ってもらっているの」

「メイド⁉」

ロイは絶句してしまっていた。

学校に通っていた時、ルルの家は裕福《ゆうふく》な部類に入っていた。そんなルルがメイドをしているなんて信じられないのだろう。

「……コールドスミス商会は順調なようだと聞いているわ。いずれはミスター・ロイが跡《あと》を継《つ》ぐんでしょう？」

皮肉っぽい口調になってしまわないように努めながらルルはロイの近況《きんきょう》を聞く。

エインワーズ商会が衰退《すいたい》していく代わりに台頭したのがコールドスミス商会だ。元・エインワーズの職人も何人も雇用契約《こようけいやく》を結んでいるようだと噂《うわさ》で聞いている。

「ミスターだなんて。そんな他人行儀《たにんぎょうぎ》な呼び方じゃなくて、子どもの時のようにロイって呼んでよ！」

ルルの微妙《びみょう》な遠慮《えんりょ》や溝《みぞ》を感じ取ったのか、ロイは慌てていた。

呼び捨てし合うような仲ではなかったように思うのだが、確かに落ちぶれたルルが「ミスター」なんて呼ぶと僻《ひが》んでいると取られるかもしれない。ありがたくロイと呼ぶことにする。

「ロイは今何をしてるの？」

「商会を継ぐために勉強中なんだ。うちの弟はまだ小さいから、順調にいけばあと数年で僕に代替《だいが》わりかな。だから、僕、発言権もあって……」

ルルの目をまっすぐに見たロイは言った。

「ルルちゃん、良かったらうちにおいでよ」

「えっ？」

「借金のカタにメイド業なんて……、ルルちゃんの才能が勿体《もったい》なさすぎるよ！　きみはアイデアマンでエインワーズ商会で生き生きと働いてる女の子だったのに、あんな性格の悪い男の元で働かされているなんてひどすぎる！」

性格の悪い男……。

「あ、でも、素行は子どもの頃よりはましになっているというか……」

「そんなの当たり前だよ！　外では猫《ねこ》を被《かぶ》って、家の中では暴君のように使用人たちを折《せっ》檻《かん》する貴族だっているらしいじゃないか！」

大丈夫なのかと本気で心配されてしまう。

ロイにとってはジェラルドが喧嘩に明け暮れ、相手をぼこぼこにするほどに容赦《ようしゃ》のない性格だったという印象がかなり強いようだ。そして負けん気の強かったルルが従わされていると聞けば、良くない想像をしたらしい。

「きみがあの男に借りてるっていうお金は……、頑張《がんば》って工面するよ。だから、今すぐうちに」

「ちょ、ちょっと落ち着いて。わたしなら大丈夫だから。待遇《たいぐう》はそんなに……悪くないの」

セクハラ命令のことは黙《だま》っておく。そこに目を瞑《つぶ》れば、日給三万も出してくれるところなんて他にない。日用品は支給されるし、賄《まかな》いもじゅうぶんだ。

「少しずつだけど順調にお金も返せているし、何より、わたしもちゃんと返済する気があるから、ここでロイにお金を出してもらうのは違うと思うわ。お金の借り先があっちこっちに変わるのもどうかと思うしね」

「僕はきみに貸しを作る気なんて……」

「でも、コールドスミス商会はまだお父様のものでしょう？　跡継《あとつ》ぎが勝手にお金を使い込んだりしたら怒《おこ》られちゃうわよ」

小さな子どもを窘《たしな》めるように笑うも、ロイはまだ納得《なっとく》がいっていないようだった。よほどジェラルドの心証は悪いらしい。

「だったら、早く借金が返せるように協力するよ」

「協力？」

「うん。エインワーズ商会の品をうちの販路《はんろ》に乗せるんだ。……共同開発というか……、傘下《さんか》に入ってもらう、みたいな形になってしまうかもしれないけど。うちの商会は貴族とのパイプも太いし、契約だって取りやすいよ。そうしたら、ルルちゃんの借金返済の足しになるんじゃないかな」

なるほど。

エインワーズ商会の看板はもう落ちぶれている。コールドスミス商会の名前を借りて商売をするわけだ。……悪くないかもしれない。

ロイの提案にルルの気持ちは前のめりになった。

「この話、父様に相談してみてもいい？　あと一応、ジェラルドにも……」

「もちろん。ゆっくり考えてもらって構わないから。……ごめんね、本当ならお茶でもゆっくりしたいところなんだけど、このあと打ち合わせがあって……。また連絡《れんらく》するよ、良《い》い返事を待ってる」

そう言って片手を上げて颯爽《さっそう》と去っていく。爽《さわ》やかな香水《こうすい》の匂《にお》いがその場に残った。


グランシア侯爵邸に帰ったルルを待ち構えていたのはオリアンとハリエットだった。

使用人用の通路にいた二人は、ルルの私服姿を上から下まで眺《なが》めまわす。

「……まあ、いいか」

「ええ、派手でも地味でもないし、これでいいんじゃないかしらぁ。髪型《かみがた》だけ直したら？」

「そうね。ルル、あんたちょっと後ろ向いて」

「えっ、何……？」

下ろしていた髪にバレッタか何かをつけられる。訳がわからないルルは背中を押されて元来た道を歩かされた。

「あの、わたし、帰ってきたばっかりなんだけど……？」

例の八番街での事件以降、親しく話をするようになったハリエットと、彼女と仲のいいオリアンが「まあいいからいいから」とぬるい微笑《ほほえ》みを浮かべている。

屋敷の裏口に連れて行かれたルルの前に現れたのはジェラルド――なぜか彼の服装はラフなシャツにジレを重ねただけの庶民《しょみん》風の格好。銀髪《ぎんぱつ》は隠《かく》そうとしたらしく、ハンチング帽《ぼう》の中に収めていた。

訳がわからないでいるルルをジェラルドの元に押しやった二人は恭《うやうや》しく頭を下げる。

「いってらっしゃいませ、ジェラルド様」

「ご苦労だった。行くぞ、ルル」

「……行くってどこに？」

困惑《こんわく》するルルの手をジェラルドが取って歩き出す。お手手繋《つな》いで散歩……というわけでもないだろう。ハンチング帽に手をやったジェラルドは「デートだ」と言った。

「デート⁉」

「思えば、再会してすぐに求婚《きゅうこん》したのはちょっと唐突《とうとつ》すぎたと思ってな。こうやって交流する時間を持つのも悪くはないだろう？」

「……まあ、そうね。普通《ふつう》の男女はデートとかするものよね。誘《さそ》われてＯＫしたらの話で、こんなふうに無理やり連行されるのとは違うと思うけど」

ハリエットたちはどうやらジェラルドの指示でルルを捕まえてこいと言われたらしい。

不満そうな顔をしているルルに対し、ジェラルドは強気だ。

「ボーナス、欲《ほ》しくないのか」

「わたし、今日は休日よ」

「それなら休日手当も弾《はず》んでやる」

そこまで言われたらルルに断る理由はない。「文句ないな」とジェラルドは勝《か》ち誇《ほこ》ったように笑った。

「どこに行くの？　あなたがそんなラフな格好をしているってことは、高級店じゃないのよね？」

「ああ。四番街の方にはよく行くか？」

「四番街……は、あまりないわね。確か、あの辺りって貴族がお忍びで遊びに来てることが多いんでしょう？」

高級住宅街の二番街からも行きやすく、ウインドウショッピングを楽しめるようなブティックやカフェが多いと聞く。街中デートと言えば四番街は定番中の定番スポットだ。

「令嬢たちから評判がいいと聞いていて、一度行ってみたいと思っていた店があるんだ」

「……じゃ、そのご令嬢と一緒《いっしょ》に行けばよかったんじゃない？」

「ほほう、やきもちか？」

「違うわよ。そのご令嬢たちはあなたとデートがしたかったんじゃないかなって思っただけで」

「心配するな。俺は誰とでもデートをするような軽薄《けいはく》な男じゃない」

「だから違うってば」

やきもちなんか妬《や》いてないのにジェラルドのいいように解釈《かいしゃく》されてしまう。からかわれてむすっと膨《ふく》れたルルに対し、「お前を連れて行かないと意味がない場所なんだ」とジェラルドは妙《みょう》に自信満々に笑っていた。

「うわ〜〜〜！　かわいい〜〜〜！」

ルルはキラキラした目で展示棚《だな》に顔を近づけた。

——連れてこられたのはドールハウスの販売店だった。

一軒家《いっけんや》風のこぢんまりとした店で、壁面《へきめん》の棚《たな》に家や部屋を模した箱庭が並べられている。ベッドが配置された『寝室《しんしつ》』に、レースや花柄《はながら》の布をあちこちに使った『女の子の部屋』。色とりどりの小さなドレスが収められた『クローゼットルーム』など、見ていて全く飽《あ》きない。さながら小さなショールームだ。

「すごいわ！　こんなに小さいのになんて精巧《せいこう》に作られているの⁉　このクローゼットな

んて、今流行りの屋根風装飾《ペディメント》付きのデザインだし、艶出《つやだ》し用のニスまで塗《ぬ》って仕上げているところにこだわりを感じるわね」

子どものままごと遊び用ではなく、大人の女性がコレクションして楽しむ品だ。お値段もそれなりにするが好きな人にはたまらないだろう。貴族の女性たちがお忍びで訪《たず》ねる人気スポットと聞いて納得の店だった。

「本当にかわいい……。ずっと見ていられるわ」

うっとりとドールハウスに見入ってしまう。

「好きなだけ見ていていい。この時間は貸し切りにしてあるからな」

「貸し切……、えっ貸し切り？　わざわざ⁉」

「別に大したことじゃない。そのほうがゆっくり見られていいと思ったんだ」

貴族あるあるというか、エインワーズ商会でも貸し切りにしておいてくれと言う貴族はたまにいた。飛び上がって驚くようなことではないのかもしれないが……。

「好きだろ、こういうの」

「ええ、好き！　大好き！」

勢い込んで答える。

その勢いに押されたようにジェラルドは目を瞬《まばた》き、「だと思った」と笑った。優しい笑《え》顔《がお》にルルは思わずどきっとしてしまう。

（しまった……。わたしったらなんて単純な！）

ジェラルドにからかわれて膨れていたくせに、店に入った瞬間《しゅんかん》から興奮して喋りっぱなしだ。なのにジェラルドははしゃぐルルを寛容《かんよう》に受け止めてくれている。

「あ、ありがとう。その、……素敵《すてき》なところに連れてきてくれて」

「別に、俺がお前と一緒に出かけたかっただけだから気にするな。慣れない職場で頑張っているようだし、これまで家のことで気を張っていただろうから、息抜《いきぬ》きができたのなら良かった」

笑顔に続き、畳みかけるように優しい言葉までかけられ、ルルの心臓は再び跳《は》ねた。

悪辣《あくらつ》な素顔《すがお》を知っているはずなのにときめいてしまうなんて、……なんだか悔《くや》しい！

きっとこれはまたルルをからかっているだけに違いない。そう思う反面、
と声には出さずに悶《もだ》える。

（……わたしの喜ぶようなところに連れてきてくれたりとか、そもそも借金を肩代わりしてくれたりとか……。優しい奴《やつ》、なのよね）

意地悪なところはあるが嫌《いや》な奴ではないと思い始めていた。むしろ、どうしてルルなんかにこんなに良くしてくれるんだろうかと感謝してもしきれない相手だし、「結婚相手としていったい何の不満があるんだ」と周囲から言われて当然だ。

（それなのに、どうしてわたしはジェラルドの好意を素直《すなお》に受け取れないんだろう）

わたしが意地を張っているだけなのか。それとも、子どもの頃にキスされたことを根に持ち続けているから?

(違う。もっと何か、こいつのことが大嫌《だいきら》いになる理由があったはずで——……)

「——このマントルピース、うちのタウンハウスのものと似ているな」

ジェラルドはルルが照れて黙りこんでしまったと思ったらしい。

喋りやすい話題を提供してくれてほっとした。ルルは慌てて話に乗る。

「応接間にあるやつね。確かに彫刻《ちょうこく》の感じとかは似ているかも」

「銀食器は本物の銀か? ずいぶん細かく再現しているんだな……」

木製のマントルピースの上には小さな燭台《しょくだい》。そして、木製の小さな果物が盛られている銀食器が置いてある。話していると、店内にひっそりと控《ひか》えていた夫人が遠慮がちに声をかけてきてくれた。この店の主《あるじ》の奥方らしい。

「銀は混ぜ物でございますよ。ですが、銀食器の製作自体は細工職人さんにお願いしておりますの」

「へぇえ……。細工職人さんってこういう仕事もするんですね」

「はじめは木材を加工したものに塗装《とそう》して作っていたんですけど、貴族の方の間で評判になるうちに、より本物らしさを求められましてね。そうしたら、コールドスミス商会さんが職人さんを仲介《ちゅうかい》してくださったんですよ」

「コールドスミス商会が……！」

こういう繋がりの作り方や営業方法もあるのかと感心してしまった。

（やっぱり、商売に関しては向こうの商会の方が上手だわ）

ロイが自分で言っていたように販路や伝手はたくさん持っていそうだ。ちょうど話題に上がり、良いタイミングだと思ったルルは、ジェラルドに話を切り出すことにした。

「あの。実はね、コールドスミス商会の息子《むすこ》のロイから、エインワーズ商会の品をコールドスミス商会の販路に乗せたらどうかって提案してもらっているの」

「いつの間にそんな話を？」

「本当についさっきよ。屋敷に帰ってくる前に偶然《ぐうぜん》会ったの。それで、少しでも早く借金を返したいし、わたしはこのお話を受けたいと思っているんだけど」

ジェラルドは思案顔をした。

「……エインワーズ家は確かダミアン伯爵からの援助話を断られたと言っていたな」

「ええ、そうなの。今はあなたのおかげで商会を維持《いじ》できているけれど、コールドスミス商会の伝手を使えば新しい顧客を摑《つか》めるかもしれない。商会を維持できるだけの儲《もう》けを出せるのか、それとも借金返済のための足しにしかならないのかはわからないけれど、うちの商会の今後を考えるにはいいチャンスだと思うの」

「そういうことなら俺がなんとかしてやる。俺は経営のことにごちゃごちゃと口を出すつもりはなかったが、わざわざよその商会の手を借りるくらいなら、誰か興味を持ちそうな貴族を紹介してやるよ。それでいいんだろう?」

「………」

なんだろう。

「そうじゃない」という気持ちがルルの中に渦巻《うずま》いた。

ジェラルドの紹介なら変な相手ではないだろうし、わざわざロイの手を借りなくともジェラルドにお任せしてしまえばいい。トーマスだってジェラルドの伝手を使えばいいと言っていたではないか。

「だけど……、できればあなたのコネじゃなくて、自分たちの力で仕事を取れるようになりたいというか」

「お前の今の仕事は俺のメイドだろ。無駄《むだ》なことに時間を割《さ》くな」

無駄。

ガン、と頭を殴《なぐ》られたような気持ちになった。

今日のデートで、ルルはなんとなくジェラルドとの距離《きょり》が近づいたように感じていた。

「ふん。まあ、そんなに言うならやってみろ」とか、「失敗して俺に泣きつく羽目にならないといいな」とか。意地悪なことは言われるだろうが、賛同してくれるだろうと勝手に思い込んでいたのだ。

商会の今後を憂《うれ》う気持ちを無駄の一言で片付けられたルルは怒《いか》りに震《ふる》える。

「無駄で悪かったわね。でも、わたしにとってはその無駄な時間が大切なのよ」

「……無駄という言い方が気に障《さわ》ったのか？　だが、素直に俺を頼れば済む話だろう」

「わたしはあなたに頼り切りになりたくないのよ」

資金も契約もすべてジェラルドに依存して、いつか放り出されたらどうするつもりなのか。ジェラルドが永遠に我が家を助けてくれる保障なんてない。本当に結婚する相手ならともかく、ルルは求婚を受けるつもりはないのだから。

……そうだ、どうしてこんなにもジェラルドの好意を信じられないのか。思い出した。

『ジェラルド・フィリーがルルちゃんに「本気にするなよ、馬鹿女」って伝えてほしいって言ってたんだけど、……なんのこと？』

ジェラルドが学校を辞《や》めた日。ルルへの直接の挨拶《あいさつ》はなかったが、たまたま行き会った一人の生徒にルルへの伝言を残したらしいのだ。

なんのことを言われたかわかったルルはカッと頭に血を上らせた。

本気にするなよ、馬鹿女。つまり、「嫁《よめ》にしてやる」なんて冗談《じょうだん》に決まっているだろバーカという意味だ。「本気になんてするわけないでしょ！　本当にむかつく奴なんだから！」と言い返したいのに、その言い返したい相手は学校からいなくなってしまった。

勝手な宣言をして、勝手にいなくなって。

そんな相手のことを信じられるわけがない。

「商会のことはメイド業の時間外にやるわ。それなら仕事に差し障りもないし、あなたに迷惑をかけなければ構わないでしょう？」

「そんなに俺を頼りたくないのか？　俺にはコールドスミス商会とやらがエインワーズ家の利益を掠《かす》め取《と》っていく未来しか見えない。お前、調子のいいことを言われて騙《だま》されているんじゃないのか」

「騙されてなんか……」

「いいから黙って俺の言うことだけ聞いてればいいんだよ」

この話はこれで終わりだと言わんばかりにピシャリとシャットアウトされる。

出資者だからジェラルドの発言権が強いのは当たり前だが、何もかもやる前から無駄だと言われたルルは悔しくて食い下がった。

「……なんでもしますからやらせてください」

「はっ。なんでも？」

「エインワーズ家の娘として仕事がしたいんです。お願いします。コールドスミス商会と仕事をさせてください」

「なんでもするというのならキスでもしてもらおうか。『大っ嫌《きら》いな』俺に対してそこまでする覚悟《かくご》があるなら許可してやってもいいぞ」

キスって。この男は本当にことごとくこちらを馬鹿にしている。

どうせルルはできないとタカをくっているんだろう。「できるわけないでしょ、馬鹿じゃないの！」と言ってあきらめると思っているのだ。

懇願《こんがん》を鼻で笑い飛ばされ、頭にきたルルはジェラルドの胸倉《むなぐら》を摑んだ。

ぐいっと体重をかけて引っ張る。

背伸《せの》びをして、ジェラルドの唇《くちびる》の端《はし》ギリギリのところにキスをした。

「………男に二言はないわよね？」

ジェラルドは唖然《あぜん》としていた。

「お、お前、何してるんだ、今っ」

「キスをしたら認めてくださるんですよね？　これで文句はないはずですので、コールドスミス商会とのお話を進めさせていただきたいと思います。メイド業に支障を出さないように致《いた》しますし、一日でも早く借金を返せるように努めます」

「お、おい、ふざけるなよ、そこまでしてあいつの所に行きたいのか」

「ロイの所に行きたいんじゃない。わたしは、うちの商会のためになるように働きたいだけ」

「だからそれは俺がなんとかしてやると言っ」

「あんたのことなんか信用できない。……いつ、あんたの気が変わって、昔みたいに人を罵倒していなくならないとは限らないもの」

「昔みたいに……？　何の話だ、おい、ルル！」

慇懃《いんぎん》に頭を下げたルルは怒りのままに店を飛び出す。珍しく心の底から動揺しているらしいジェラルドが引き留めるようなことを口にしているが知ったことじゃない。

（キスくらいで馬鹿じゃないの）

……昔のわたしもあんなふうにみっともなく取り乱していたんだろうか。ルルは苦い気持ちになった。


コールドスミス商会は七番街と八番街の間にある。

七番街の一等地に建っている商会は早くに成功を収めた老舗《しにせ》の店が多く、エインワーズ商会もかなり良い立地の場所にある。後発の店になってくるとどんどん八番街寄りになっていくのだ。

コールドスミス商会はさほど良い立地条件ではないものの、五階建てのかなり立派な建物だった。老舗じゃないからと言って舐《な》めてくれるなという気概《きがい》を感じるつくりだ。

「すごいわね……」

「いや、うちの商会の規模だって負けていないぞ」

「父様ったら。そんなところで張り合ってどうするのよ」

今日はロイにコールドスミス商会に招かれているため、親子共々気合いの入った顔で臨《のぞ》んでいる。だが、父はいきなりルルの出鼻をくじくようなことを言った。

「ルル、仕事はいいのか？　今日のこと、グランシア侯爵はご存じなんだろうな」

「……ええ、もちろんよ。ちゃんと許可はとったわ」

ぎく、と妙に後ろめたく感じるのはキスをして許可を奪《うば》い取ってきたからだ。しかし、行ってもいいと言ったのはジェラルドだし、ルルは別に嘘《うそ》はついていない。

樫《かし》の木でできた正面扉《とびら》が開き、二人を出迎《でむか》えるように中からロイが現れた。

「ルルちゃん、それからお父上もようこそ、コールドスミス商会へ」

気さくににこりと笑い、中へどうぞと案内してくれる。

店内は明かり取りの窓が多く、光がたくさん入るように設計されていた。

ライバル商会の品を直接見に来ることなんてないため、ついあちこちに視線を走らせてしまう。

品の良い海老茶《えびちゃ》色の壁紙《かべがみ》に、天井《てんじょう》にはおそらく見本品として作られたであろうシャンデリア。クルミ材のテーブルと椅子《いす》の一揃《そろ》えの上には、力を入れているらしいテーブルウエアが展示されている。

彫金《ちょうきん》が得意なコールドスミス商会らしく、カトラリーの柄《え》の部分には凝《こ》った模様が彫《ほ》られていた。生けてあるカスミソウに止まっているのはセロファンで作られた妖精《ようせい》を模した飾《かざ》り。おとぎ話のようなひとときを、と銘打《めいう》たれている。

「かわいい！」

ルルは思わず目を奪われた。

彫金も素敵だが、品物の見せ方がとてもうまい。

「こっちも同じシリーズなのかい？」

父が近寄ったデスクにも妖精の飾りが止まっていた。

「ああ、こちらも妖精シリーズです。取っ手のところは妖精の羽根をイメージして作っていて……」

真鍮《しんちゅう》の取っ手の両側は優美な曲線を描いたデザインになっている。

「それだけじゃなくて、『妖精の隠れ場所』もあるんですよ」

ロイがデスクの裏に手を入れると机の天板の一部が跳ね上がった。

「えっ⁉」

「驚きました？　物が隠せるように仕掛《しか》けを作ってあるんです」

「なるほど……こいつは妻に内緒《ないしょ》のへそくり入れにぴったりですな」

「おっしゃるとおりです。秘密の隠し場所としてお使いいただけます」

茶目っ気たっぷりに営業トークをするロイが蓋《ふた》をどけると、分厚い本が一冊収納できそうなスペースにも妖精の飾りが忍ばせてある。

「素敵ね。このデザインを考えたのは誰なの？」

「……恥《は》ずかしながら、僕が」

「そうなの⁉　すごいのね、ロイ」

ルルは素直に称賛《しょうさん》した。子どものように、つい何度も跳ね上げ式のギミックを確認《かくにん》してしまう。

その他にも展示してある家具を見せてもらったが、どれもこれも立派な物ばかりだ。

「しかも、ここに展示してある家具ってチーク材が多いのね。高いし、今は輸出も制限されていて手に入りにくいんじゃなかったかしら？」

亜熱帯地方《あねったいちほう》に分布し、生育も遅《おそ》いチークは高級な材木だ。

エインワーズ商会ではオーダーメイドで指定された時くらいしか使用しない。惜《お》しげもなく使えるあたり、商会が儲かっている証拠《しょうこ》だと思ってしまう。

「ああ。材料の仕入れはちょっとした伝手があるんだよ」

「へー、そうなの？　羨《うらや》ましいわね」

「ふふふ。企業秘密《きぎょう》だけどね」

にっこり笑って誤魔化《ごまか》されてしまった。

エインワーズ家と入れ替わるように人気店へと成長したコールドスミス商会に対し、羨ましいと妬《ねた》む気持ちはあった。けれど、実際に素敵な品物を前にしては、実力を持った商会なんだと納得してしまう。

「……本当にすごいわね」

「僕だってはじめから成功していたわけじゃないよ。ほら、あの壁際《かべぎわ》に飾ってある椅子は僕がはじめてデザインしたんだけど、びっくりするくらい全然売れなくて……」

背面まで布張りにしてあるチェアは、座り心地《ごこち》は良さそうだが特に個性のないデザインだ。『オーダーメイド承《うけたまわ》ります』のボードと共にドライフラワーなどで飾りつけられ、装飾《そうしょく》の一部のように扱《あつか》われている。

「でもなんか、未練がましくて展示室に置いちゃってるんだよね。せっかく作ったものだしさ」

「……わかるわ！　愛情をかけて作った物だものね！」

ルルは共感してしまう。

成功を見せつけられて卑屈《ひくつ》になりかけていたが、やっぱりどこの商会も苦労があるのだ。負《ま》けず嫌《ぎら》いの父もその言葉には頷いていた。

案内された二階の事務所でロイと差し向かいに座り、父は持参した包みを解いた。

「これが、うちが売り出す予定だった『虹色ガラス』です」

サンプル品のグラスを見たロイは目を輝《かがや》かせた。

「うわあ、すごく綺麗《きれい》ですね！　触《さわ》っても構いませんか？」

「もちろんです」

ロイはキラキラした目で様々な角度からグラスを観察している。その様子に父もまんざらではなさそうだった。

「残念ながら契約は破棄《はき》されてしまったんですが、とある貴族の方が大変気に入ってくださり、出資もしてくださっていたんです。ですのでじゅうぶん、商品としての価値や目新しさ、話題性もあると思っております」

「社交界は新しく流行りそうなものに目がありませんからね。どなたかの貴族のお眼鏡に適《かな》ったなんて素晴《すば》らしいことだと思います。ぜひ、我が家でこの虹色ガラスを扱わせていただけませんか？」

父とルルは視線を交《か》わし合って合意する。

「よろしくおねがいします」

「——提案なんですが、できればこの話、僕とルルちゃんに任せていただけませんか？」

突然の話にルルも父も驚いた。

「娘と、とはどういうことかね？」

「僕、ルルちゃんと一緒に仕事をするのが夢だったんです。子どもの頃からルルちゃんが商会で生き生きと働いてる姿を見て、僕もあんなふうになりたいなって努力してきました。共同開発ということで、僕たち子ども世代が頑張りたいんです」

「ロイ、気持ちは嬉《うれ》しいけど、わたしじゃ役に立てないかもしれないわ」

エインワーズ商会の未来が肩にかかっている以上、知識も経験も豊富な父にも入ってもらった方が良いと思う。けれどロイは譲《ゆず》らなかった。

「ルルちゃんは後悔《こうかい》しないの？　子どもの頃、『自分がエインワーズ商会にいる時に一つでも多くの品を生み出したい』って言っていたじゃないか」

「でも……」

「デザインノート、作ってたよね。僕、ルルちゃんが図書館で一生懸命《いっしょうけんめい》描《か》いてたのを見たことあるよ。今日は持ってないの？」

ロイに言われ、ルルは鞄《かばん》からノートを出した。

良いひらめきがあったらメモを取れるように、外出の時は大抵《たいてい》持ち歩いている。

「見てもいい？」と手に取ったロイはぱらぱらとページを捲《めく》った。

「うん、やっぱりルルちゃんはすごいよ。この流線型のチェア、何年か前にエインワーズ商会で出してましたよね」

ロイが指し示した図案に父も頷く。

「ああ、確かにあれは娘のアイデアでした」

「わたしのこの図案じゃ強度が足りなくて、父様や職人にかなり手直しをされてしまったけどね」

「最近のだと……、ああ、このシャンデリア風のランプなんか可愛いじゃないか。ガラス部分に虹色ガラスを使ってみるのもありじゃない？」

「そうね……。それなら、さっきの隠し扉付きのデスクを見てひらめいたんだけど、木製家具と虹色ガラスってうまく組み合わせられないかしら。木材の一部をくり抜《ぬ》いて、ガラスを埋《う》め込んだらいいアクセントになるかもしれないわ」

「いいね！　やっぱりルルちゃんは良いセンスをしてるよ」

ロイは「女のくせにデザインノートなんて描いて」なんて言わなかったし、稚拙《ちせつ》なルルの設計図を見ても大げさなくらいに褒《ほ》めてくれた。たった今思いつきで出したアイデアにも前のめりで頷いてくれる。

「ロイ……」

「ルルちゃん、僕と一緒に頑張ろうよ」

「……ルル、お前はどうしたいんだ？」

父とロイ、二人に見つめられ、ルルは「できることなら参加したい」と口にした。

エインワーズ商会の未来がかかった、大切な一件だけど……。

「だったら、お前に任せよう」

「いいの？　父様」

「ああ。お前の成長した姿を見せてくれ」

その言葉に背中を押され、ルルはしっかりと頷いた。

不安はあるが、また家具製作に関われる。そんな喜びがじわじわとやってきた。

「父様、わたし頑張るわ！」

「頼んだぞ、ルル」

父が優しくルルの肩を叩《たた》いた。

「じゃあ、今から早速《さっそく》企画《きかく》会議をしよう」

ロイは来客用のスペースではなく、事務所の方に席を移そうと言った。『部外者』になってしまう父に対し、「僕たちの案をまとめてみますので、気になるところがあったら後ほどご意見をいただけますか」と気遣《きづか》いもしっかりしている。

「あー、ルル？　一応、グランシア侯爵に確認を取るんだぞ？」

先に帰る父がルルに釘《くぎ》を刺《さ》した。

さすがに「キスしたら許可」の騙し討《う》ちのような流れで、ジェラルドが納得していないまま本当に他所《よそ》で仕事をするのはまずかろう。ルルもそう思ったので「もちろんそうするわ」と言ったのだが……。

朝の準備のためにジェラルドの部屋を訪《おとず》れたルルは、なかなかノックができずに立ちつくす。

（気まずい）

数日前のキス以降、ルルとジェラルドはぎくしゃくし続けていた。

コールドスミス商会の件に関しては一切《いっさい》触《ふ》れず、会話は短い指示と返事だけ。ルルは許可を覆《くつがえ》されるのが嫌で自分から話を蒸《む》し返《かえ》さなかったし、ジェラルドの方も自分から折れるつもりはないと言いたいのか、これまでのようなからかい文句や命令を一切しなくなった。

昨日、コールドスミス商会から帰ったルルは一応ジェラルドに報告しなければと思っていたのだが——ジェラルドの帰宅は遅く、食事や世話も何も要《い》らないといって部屋に入ってしまったのだ。

（……まずは謝らなきゃ）

いくらジェラルドの言動に腹が立ったとはいえ、ルルに非があることはわかっていた。借金を肩代わりしてくれた人に対してあんまりな態度だったと反省している。屋敷から出て行けと言わないでくれるだけジェラルドは寛容なのだ。

ルルは深呼吸をして、エプロンの裾《すそ》を整える。

「よし」と小さく勢いをつけてからノックをした。

「ジェラルド様、朝の準備にまいりました」

ノックをしてみたが返事はない。

（まだ寝《ね》ているのかしら）

ここしばらくはルルが来る前に起きていることが多かった。

わざと無視されているのなら嫌だな、と思いつつ部屋に入る。ベッドは人型にふくらんでいたのでほっとした。単に帰宅が遅かったので疲《つか》れて起きられないだけか。

脱《ぬ》ぎ散らかされた上着やタイを拾い上げ、部屋のカーテンを開ける。

差し込んだ陽光にジェラルドは顔を顰《しか》めて起きた。

「おはようございます、ジェラルド様」

けだるげな青い瞳《ひとみ》がルルを映した瞬間、はあ、と重たげな溜息《ためいき》をつかれてしまう。

ルルは怯《ひる》まずに声をかけた。

「アンソニーさんから朝刊を持っていくよう承っていましたので、こちらに置いておきますね」

「…………」

「えっと……、話したいことがあるんですが、今、少々お時間よろしいでしょうか？」

「後にしてくれ。今は話したくない」

ジェラルドの態度は冷たい。

そうですか、と普段《ふだん》なら引き下がるが、視線も合わせてくれない姿にルルは勝手ながら傷ついた。そして自省する。

「……ごめんなさい。わたし、……本当に生意気な態度をとっていました」

「…………」

「あ、あなたに、甘えていたと思う。昔の知り合いだからといって、お金を出してくれたあなたの言うことに逆らうなんてクビになっても当然だと思うし、なのに……」

「もういい。その話は済んだことだ」

「良くないわ」

「いいから出ていけ」

ベッドの上で上半身だけ起こしているジェラルドは、額に手を当て、はーっと再び重苦しい溜息をつく。

「ま、待ってよ。本当に悪いと思っているの。あなたは怒って当然だわ。わたし、あなたに認めてもらえないのが悔しかっただけなのよ……！」

口も利きたくないと言わんばかりの態度だ。

ルルは焦《あせ》る。それは、クビになるかもしれないとか、お金を出してくれなくなるかもしれないといった理由ではなく、「ジェラルドに嫌われたかもしれない」ことに対する焦りや悲しみだった。自分でも不思議なくらいに食い下がってしまう。

「お願いします、話を……。……ジェラルド？」

顔を覆《おお》ったままジェラルドは動かない。

躊躇《ためら》いがちに肩にそっと触れると、その身体はぐらりと傾《かし》いだ。

ルルは咄嗟に抱きとめようとするが、

「やだ、ちょっと！　大丈夫⁉」

ジェラルドの身体は燃えるように熱かった。

自力で体勢を整えたジェラルドの額に触れるとすごい熱だ。機嫌《きげん》が悪かったのではなく具合が悪かったのか。

「ごめんなさい！　気づかなかった……」

自分の弁明に必死で、主人の体調不良にも気づけずにいたなんてメイドとして失格だ。

「……たいしたことない、平気だ」

「たいしたことあるわよ！　すぐにアンソニーさんを呼んでくるわ。それから、お医者さんも――」

急いで部屋を出ていこうとするルルの腕《うで》を取られる。

「――行くな」

「え」

「どこにも行くな、俺の側《そば》にいろ」

真剣な声音《こわね》に、ルルの鼓動《こどう》が跳ねた。

人を呼びに行かなくてもいいという意味だろうか。それとも、ロイの元へ行ってしまったことに対して言っているのか……。

ジェラルドの身体が再び傾ぐ。腕を掴まれているルルは、そのままジェラルドと共にベッドに倒《たお》れ込むことになり――

「ちょ、ちょっと！　ジェラルドっ⁉」

気を失ったジェラルドを押し倒してしまっているような体勢で騒《さわ》いでいると、アンソニーが部屋のドアを開けた。そして無言でドアを閉める。

「アンソニーさん、ドア閉めないで！　お医者さんを呼んでくださいっ！」

「風邪《かぜ》ですね。あと、二日酔《ふつかよ》い」

ほどなくして連れてこられた医者から診断《しんだん》が下った。

ジェラルドはベッドに横たわったまま眠《ねむ》っている。

風邪はわかるが、「二日酔い……!?」と困惑した声を上げるルルに、医者はダメ押しのように「二日酔いです」と宣告した。

「免疫《めんえき》力が低下している時に飲みすぎると風邪菌《かぜきん》が活発になるんですよ。こまめに水分を取って安静にしていれば良くなります」

たいしたことはないと帰る医者を見送るため、メイド長が部屋を出ていく。

「ルルさん、ジェラルド様の看病を頼めますか？」

アンソニーに声をかけられ、どきりとする。

「気が乗らないようでしたら、別の者を呼びますが」

「い、いいえ、大丈夫です！　わたしが看《み》ます！」

言い切るルルに、珍しくアンソニーが笑った。

「……そうですか、ではお任せします。何かあったらお呼びください」

微笑ましいものを見るような視線を向けられてむず痒《がゆ》くなりながら、ルルはベッドサイドに椅子を引き寄せると額のタオルを替えた。冷たいタオルをのせてやると苦しげに寄せられていた眉《まゆ》が緩《ゆる》む。

むかつくけど放っておけない人だ。

……今も、昔も。

口では大嫌いだと言いながら嫌いになれずにいる。それどころか、嫌われたかもしれないと思うだけでなぜこんなにも傷つくのだろう。

しばらくするとジェラルドは目を覚ました。

状況が理解できないらしく、ぼうっとした顔で天井やルルの顔を見つめ、起き上がろうと身体を動かした。ルルはその肩を押しとどめる。

「寝てて。風邪と二日酔いですって。今日は安静にしているようにってお医者様が言っていたわ」

「二日酔い……」

「ば、ばっかじゃないの。具合悪くなるまで飲むなんて」

「うるさいな」

生意気な口を利《き》くといつものように言い返されたのでほっとする。

「アンソニーさんが葡萄《ぶどう》を置いていってくれたんだけど……食べる？　それとも、スープか何かを持ってきましょうか」

「葡萄でいい」

「わかった」

具合が悪い時の定番の果物と言えばリンゴや桃《もも》だが、さすがアンソニーというべきか。妻でも恋人《こいびと》でもない未婚《みこん》の娘と、寝込《ねこ》んでいる主人の部屋に刃物《はもの》を置いておくような真似《まね》はしなかった。

信用されてないんだと落ち込んでいるわけではない。

無駄なトラブルの可能性はきっちり排除《はいじょ》しておくところがアンソニーらしい……と思えるほど、ルルもこの生活に馴染《なじ》んできていた。

ルルが葡萄の皮を剝《む》くところをジェラルドは見つめている。

「……………いくら欲しいんだ。お前が俺の看病をしているなんて……、金目当てか？　それとも勝手な真似をしたことに対する詫《わ》びのつもりか？」

嫌味《いやみ》な言い方に普段ならカチンとくるところだろうが、ルルは葡萄を剝く手を止め、頭を下げた。

「本当にごめんなさい。雇い主《ぬし》のあなたの反対も聞かずに勝手な真似をしてしまって、反省してます」

「もういいと言っただろ。俺は寛容な男だから、この間の態度も反対を押し切ってコールドスミス商会に行ったことも許してやる」

「ジェラルド……」

「俺の方こそ、無駄だなんて言い方をして悪かった」

「……。ううん。わたしのほうこそ、意固地になってごめんなさい」

「……。許可してやるが、屋敷にはちゃんと帰ってこいよ。それから、例え客や職人相手だろうが他所の男と密室で二人きりになることは禁ずる。半径一メートル以内で話すことも禁止。服装もなるべくダサい格好で行け。肌《はだ》を見せるな。隙《すき》を見せるな」

しんみりした空気を払拭《ふっしょく》するようにジェラルドはずらずらと注意を並べ立ててくる。

「過保護な父親みたいなこと言わないでくれる？」

ルルも調子を取り戻して言い返す。葡萄の方に意識を戻そうとしたが、ジェラルドの顔は真剣だった。

「どうして俺がこんなことを言うのか、わからないのか？」

「え……」

どうしてって、それは——ルルの行動を制限して、独占《どくせん》欲を見せているふりをしているんでしょう？　仮にも求婚している相手が、自分以外の男と親しくしているのが気に入らないから。

「あれこれ禁止されなくても、ロイとそんな……、おかしな関係になったりなんかしないわ。ロイのことを好きになってメイドの仕事がおろそかになるようなこともしない」

「そんなのわからないだろう」

「本当よ」

戸惑うルルに、ジェラルドはまるで出来の悪い生徒に接するように問いかけを出す。

「じゃあ、今言った内容を俺が他の女にしていたらどうだ？」

着飾《きかざ》ったジェラルドが、どこかの女性と二人きりで、親密そうに話をしていたら？

「……社交かなって思うわよ」

しかし、想像すると、ちり、と胸が焦《こ》げるような気持ちになった。

そんな自分の感情に焦る。別にジェラルドがどこの誰とデートしていようが、ルルには関係ないはずなのに。

勢いをなくしたルルの様子にジェラルドは意地悪な微笑みを向けた。

「少しはわかったか？　お前が他の男と親しくしていたら不愉快《ふゆかい》に思う俺の気持ちが」

ドキッとする。確かに、ジェラルドが別の女性と親しくしていたら嫌だと思ってしまった。ただの社交かデートかなんてルルにはわからない。

まるで嫉妬《しっと》しているみたいだ。それに、ジェラルドに冷たくされたり無下に扱われることがこんなに悲しいなんて知らなかったし……。

「わかったなら、お前は俺のことを好きだと言うことだ。いい加減、素直に求婚を

「――……」

そこで不自然に途切《とぎ》れさせたジェラルドは口元を手で覆って俯《うつむ》いた。

無言。

「え、なに……」

「……………だめだ」

「え？」

「吐《は》く……っ！」

張《は》り詰《つ》めた空気は、ぷつんと弾《はじ》けてしまった。

「あーッ、そういえばあんた二日酔いだった！　ちょ、待って待って待って！」

ルルの大きな叫《さけ》び声《ごえ》にアンソニーやメイド長が部屋に飛び込んでくる。てんやわんやの騒ぎだ。その騒ぎの中、ルルは最後までジェラルドの話を聞けなくてがっかりしたような、安心したような、複雑な気持ちになっていた。

――熱がぶり返したジェラルドは、そのまま丸二日寝込んだ。

五章　花と蜜蜂

コールドスミス商会とエインワーズ商会の共同開発品として銘打《めいう》ったのは、木製家具に虹色《にじいろ》ガラスを嵌《は》め込んだデザインの家具シリーズだ。

大まかなデザインはルルが担当し、職人との細かな微《び》調整や修正はロイが務めた。

木材のところどころをくり抜《ぬ》いてガラス窓のように虹色ガラスを嵌め込んだ家具は、雨上がりに輝《かがや》くしずくをイメージしている。ロイはこのシリーズの家具を『雨の日』と名付けた。

あとはこの家具を売り込み、オーダーを待つばかり。

ルルがグランシア家に勤めだしてからひと月以上が経《た》ち、借金は残り九百万程度といったところだった。


「パーティ？」

コールドスミス商会でお茶を振《ふ》る舞《ま》われていたルルは首を傾《かし》げた。

じゃーん！　とロイが見せてくれたのは伯爵《はくしゃく》家主催《しゅさい》のパーティの招待状だ。

「そう。蜜蜂会《アベィユ》に招かれているんだ。貴族に直接商品を売り込める機会だし、ルルちゃんも一緒《いっしょ》に来てくれないかな」

アベイユというのはこの国独自の文化だ。

春から初夏にかけての社交期に開かれるパーティの中で、貴族でなくても参加することができる日が存在する。

ここへ招かれるのは主に実業家だ。

簡単に言うと、花から花へ花粉を運ぶ蜜蜂《みつばち》のように商売のパートナーを見つけることができる制度なのだが、身分チェックも厳しく、招いても恥《は》ずかしくない相手だと主賓《しゅひん》に思われていることが重要なので誰《だれ》でも行けるわけではない。

「わたしも？　行っても大丈夫《だいじょうぶ》なの⁉」

昔、父も招かれていたことがあったが、跡取《あとと》りでもない女の子のルルは同伴《どうはん》させてもらえなかったのだ。

「もちろんだよ。だって僕たちは共同開発者じゃないか。ちゃんとルルちゃんの分の招待状も手に入れたからね」

主催者がルルの名前の招待状を出してくれたということは、一人の実業家として認められていることになる。素直《すなお》に感激してしまった。

「嬉《うれ》しい……！　ありがとう！」

「あ、で、その、当日着るドレスとかって、僕が贈《おく》ってもいいかな？」

きっと貧乏《びんぼう》商会なので装《よそお》いが準備できるか心配されているのだろう。

ルルは、「大丈夫よ」と笑った。

「昔仕立てたドレスはまだ着られると思うの。お金が必要な時に売ってしまおうかと思ったけど、母様から止められてて……。あの時に売らなくて良かったわ」

中流階級同士のお呼ばれのために仕立てたものだが、生地《きじ》の質は良《い》いので貴族のパーティに着ていっても大丈夫だろう。

「あー、そっか。うん、それなら……、いいんだ。ちなみに何色のドレスなんだい？」

「サフラン色よ。……少し派手すぎるかしら？」

「そんなことないよ。楽しみにしてるね」

当日は大きな家具をパーティ会場に持ち込むわけにはいかないので、小さな木材に虹色ガラスを嵌め込んだサンプル品を作らせて持っていくことにする。

「パーティの主催ってどなたなの？」

「ダミアン伯爵だよ。伯爵家とは懇意《こんい》にさせていただいているんだ」

「えっ、ダミアン伯爵？」

「うん。……どうかした？」

エインワーズ商会と結んでいた虹色ガラスの取引契約《けいやく》を破棄《はき》した伯爵だ。

コールドスミス商会と契約したつもりが、実は自分が断ったエインワーズ商会の品物でした、ということになったらトラブルになったりしないだろうか。心配になったルルが事の顚末《てんまつ》を説明すると、ロイは首を捻《ひね》った。

「大丈夫だと思うよ？　エインワーズ家のきみを同伴したいって言ったら快く許可してくださったし、嫌《いや》だったら招待状なんて出してくれないはずだろう？」

「そ、そっか……。そうね」

「虹色ガラスが手に入らなかったのはやっぱり惜《お》しいと思ったんじゃない？　うちの商会のほうが——その、エインワーズ商会よりも財政基盤《きばん》がしっかりしているから、安心して取引できそうだと考え直して声をかけてきてくれたのかも」

ロイの意見がそれらしくてルルは納得《なっとく》した。

それに、招待してくれたからといってダミアン伯爵が契約を結んでくれる気があるとは限らない。もしも他の貴族がエインワーズの援助《えんじょ》をしてくれれば……という罪滅《つみほろ》ぼしの気持ちで招待してくれた可能性もあった。

このパーティで頑張《がんば》ることはロイと共同開発をした虹色ガラスの製品を売り込むこと。

そして、エインワーズ商会に出資してくれるという人がいたら親しくなっておくこと。

前者はジェラルドへの借金返済の足しにするためで、後者は今後の商会のことを考えてだ。借金を返し、エインワーズ商会は――このままコールドスミス商会の傘下《さんか》としてやっていくのか、それともやっぱり店を畳《たた》むことになるのか……。蜜蜂会《アベイユ》での結果次第《しだい》で今後が変わってくる。

「……早く借金を返したいな」

「そうだね。早くルルちゃんがあの男から解放されるように、僕も大口の契約が取れるように頑張るよ」

ぽつりと呟《つぶや》くルルを見たロイは、力強く頷《うなず》いていた。

（あのクソ公爵《こうしゃく》め……）

自室で悪態をつきながら、ジェラルドは夜会用の服に袖《そで》を通していた。

先日、某《ぼう》公爵にしこたま飲ませられたことは一生忘れない。

何が悲しくて惚《ほ》れた女の前で醜態《しゅうたい》を晒《さら》さないといけない羽目になったんだ。

――あの日、例の贋金《にせがね》の件でトリスタン公爵から話を聞いてこいとセオドアから命じられていた。

セオドアの母であるウィスタリア国王妃《おうひ》はトリスタン公爵家の出だ。

セオドアと公爵は親戚《しんせき》関係にあり、ジェラルドがセオドアに「便利に使われている」ことを公爵も良く知っていた。

『アーロック人の金貨の持ち出しがものすごく多いな。ほれ、お前さんがこの間八番街で捕《つか》まえたっていうのもアーロック人だし、国境で捕まるのも大抵《たいてい》アーロックの奴《やつ》らだ。あっちの国では既《すで》にウィスタリア金貨を高く売るマーケットが作られているのかもしれん』

『そうですか。では、アーロックと繋《つな》がりの深い貴族を調べるべきでしょうか。あちらとの国境にある辺境伯《へんきょうはく》や、留学等で滞在《たいざい》している貴族など、疑わしそうな人間を探《さぐ》ってみます』

『それよりも俺が気になっているのは、今年に入って異常にアーロックへの家具の輸出が増えていることなんだよなァ』

ミドルグレーの髪《かみ》を撫《な》でつけた公爵は顎鬚《あごひげ》を撫でまわしながら唸《うな》る。

家具、の単語になぜだかジェラルドがぎくりとしてしまった。

真っ先に浮《う》かぶのはエインワーズ商会だ。だが、ルルの家は開店休業状態のはず。

ジェラルドの僅《わず》かな表情の変化を知ってか知らずか公爵は話を続ける。

『ダミアン伯爵が目をかけている商会——コールドスミス商会といったか？　あちらさんの貴族にえらいウケがいいらしくてな、じゃんじゃん出てる。あの伯爵を探ってみたら何か吐《は》くかもしれんな』

『わかりました。近いうちに蜜蜂会を開くことになっていたはずです。そこでの様子を探ってみましょう』

真面目なやりとりを終え、ジェラルドは屋敷《やしき》を辞そうと思った。だが。

ポン、と鳴ったボトルの開封《かいふう》音に顔が引きつる。

『まあまあ。そんなに急いで帰らなくてもいいじゃねえか。飲んでいけよ』

『いえ。遠慮《えんりょ》しま――』

『おーい！　誰か、グラス持ってこい！　あとつまみも適当に頼《たの》む』

公爵という肩書《かたが》きにふさわしくないほど気さくな態度で使用人を呼びつけ、嬉々《きき》としてジェラルドに酒を振る舞おうとする。

『セオドアの小僧《こぞう》はなんのかんの言って付き合っちゃくれんからな。いい生贄《いけにえ》を寄こしてくれた』

『生贄扱《あつか》いですか』

『一杯《ぱい》だけでいいから付き合ってくれよ。飲み仲間がいなくなって寂《さび》しいジジイの相手をすると思ってさ』

公爵と懇意にしていた友人が亡《な》くなったばかりだということを知っていたので、ジェラルドも強く断りきれなかった。

『……一杯だけですよ』

その一杯が地獄《じごく》のはじまり。

『お前、どこぞの娘《むすめ》をメイドとして囲いだしたんだって？』からはじまり、酒《さけ》の肴《さかな》に洗いざらい喋《しゃべ》らされる羽目になった。

ジェラルドは別段酒に弱いわけではない。むしろ、アルコールには耐性《たいせい》がある方だ。

自分の酒量もペースもわかっているが、一緒に飲まされた相手が底なしのモンスター。

直前にルルと喧嘩《けんか》したこともあり、その日のジェラルドの酒量は普段《ふだん》よりも大幅《おおはば》に超《こ》えてしまったのだ。

（……そういえば、あいつが言っていた『昔みたいに罵倒《ばとう》して』ってなんのことだ？）

ジェラルドはルルのその発言がずっと気にかかっていた。

キスはしたが罵倒はしていない気がする。それ以前に俺が何かを言ったりやったりしたのか？　……記憶《きおく》にない。だが、その話を蒸《む》し返《かえ》すのもどうかと思い、問えずにいるのだ。

コンコン、と鳴ったノックを音に返事をする。

小箱を持ったルルが入室してきた。

「失礼します、ジェラルド様。おっしゃっていたカフスをアンソニーさんに出してもらいました」

「ああ、悪いな」

招かれる夜会ごとに身に着ける装飾品《そうしょく》に気を配るのは案外面倒《めんどう》だ。

完璧《かんぺき》に把握《はあく》しているアンソニーが出したカフスを袖口《そでぐち》につけていると、ルルが何かを言いたそうにもじもじとしていた。

「どうした？」

「あ、ええと、その……。今度の週末、わたしの休日を別の日と替えてもらう予定でいて……。実は、ダミアン伯爵が主催する蜜蜂会《アベイユ》に招かれているの」

ダミアン伯爵の蜜蜂会。

奇《く》しくもジェラルドが参加予定のものと同じだ。嫌な予感がして尋《たず》ねる。

「誰と行くんだ？　父親と一緒か？」

「コールドスミス商会の……、ロイよ。彼がわたしの分の招待状も手に入れてくれたの」

ふざけるなよ、俺以外の男と出かけるだと？

……と言いたいところだがジェラルドはぐっと堪《こら》えた。

渋々《しぶしぶ》ながらもルルのやりたいようにさせることを許可したのは自分だ。

年上なのに余裕《よゆう》がないのもみっともない。鷹揚《おうよう》に構え、自分の元に戻《もど》ってくるのを待つべきだ。

「…………わかった。変な男に引っかからないように気をつけろよ」

「え!?　あ、うん、ありがとう……」

ジェラルドがすんなりと許可を出したことが意外だったらしいが、ルルは揉《も》めずに済んでほっとしたような顔をしていた。だから多分、この対応でよかったんだろう。

蜜蜂会《アベイユ》当日。

エインワーズ商会の上階、自宅部分で、ルルは母に手伝ってもらってサフラン色のドレスで身を装った。トップス部分は首からデコルテにかけてレース素材になっていて、スカートは装飾を抑《おさ》える代わりに生地を重ねてボリュームを出している。

貴族のように贅沢《ぜいたく》にフリルやリボンを使ったものではないが、程《ほど》よいシンプルさで、実業家らしいキリリとした雰囲気《ふんいき》は出せているのではないかと思う。

「大丈夫かしら？　やっぱり新しいのを仕立てた方がよかったんじゃない？」

「平気よ。丈《たけ》は母様が直してくれてちょうどいいし、これでじゅうぶんだわ」

一階に降りると父が待ち構えていた。

娘の姿に目を細めてくれる。

「ルル、色々と苦労をかけて悪かったな。侯爵《こうしゃく》家に働きに行ったり、コールドスミスとの話を取りつけてくれたり、ずいぶんと大変な思いをさせてしまった」

「やだ、父様ったら。お嫁《よめ》に行くわけじゃないのよ」

パーティに行くくらいで大げさだ。

しかし、父の気持ちもわかる。エインワーズ商会にとっては、今後の仕事の行方《ゆくえ》を左右する大切なパーティだ。

「うちの商品をしっかり売り込んでくる。今日はロイと頑張ってくるわね」

ルルが拳《こぶし》を握《にぎ》ると父は僅かに顔を顰《しか》めた。

「コールドスミスの息子《むすこ》か……」

「……？　いい人よね。ライバル商会なのに優《やさ》しくしてくれるし」

「ん、ああ……、そうだな」

「父様を外すことになってしまったから、ちょっと怒《おこ》ってる？」

「いや、怒ってないよ。若い二人が頑張りたいと言うのなら身を引くべきだと思ったし、何より父さんはルルのことを信用している。ただ、彼には念のため気をつけなさい」

どういう意味？　と聞いてしまう。

「彼の父親は俺のアイデアを掠《かす》め取《と》る嫌な奴だった。あの野郎《やろう》の息子とは思えないくらいに温厚《おんこう》な男だから、父親に似ていないことを祈《いの》るよ」

父はコールドスミス商会にあまりいい印象を持っていないらしい。

「だから、結婚《けっこん》相手に選ぶならグランシア侯爵にしなさい。その方が父さんも安心だ」

「わたしはロイやジェラルドのことをそんなふうに見ていないわ」

二人ともあくまで仕事相手だ。

「……でも、……お前ももう年頃《としごろ》だし……、嫁に行っててもおかしくないのに……」

「いいのよ、父様。それにわたし、今は仕事をしているのが楽しいの。商会の仕事もだし、メイド業も板についてきたの。だから、毎日がすごく充実《じゅうじつ》しているわ」

「……そうか。それならいいんだが……」

辻《つじ》馬車が我が家の前に止まった。

ロイが迎《むか》えに来てくれたのだ。

商会から出てきたルルの姿に、ロイははにかんだ。

「わあ、ルルちゃん。すごく可愛《かわい》い。良く似合ってるよ」

「あ、ありがと」

まっすぐなロイの称賛《しょうさん》にルルも照れてしまう。

ロイの方も今日は白い高襟シャツにタイはカスケードに結んでいる。

柔《やわ》らかい茶髪《ちゃぱつ》もしっかりと櫛《くし》を入れて後ろに流し、いかにも仕事のできそうな青年実業家の雰囲気を漂《ただよ》わせていた。踏《ふ》んできた場数が違《ちが》うせいか、ルルと同い年なのにロイはずっと大人びて見えた。

彼の胸ポケットにはサフラン色のチーフが入っている。

（そういえば事前にドレスの色を聞かれたっけ……）

そんなところまでこだわるなんて、マメだなと思う。

「それでは、今日はルルさんをお借りしますね」

ロイは爽《さわ》やかに父に微笑《ほほえ》む。

「あ、ああ。娘をよろしく頼むよ、ロイ君」

父に送り出され、ルルとロイは馬車に乗り込んだ。


ダミアン伯爵家主催の蜜蜂会《アベィユ》は、三番街にあるヴィヴィアンガーデンを借り切って行われる。初代王妃の名前を冠《かん》した公共庭園の花は今が見頃《みごろ》で、生垣《いけがき》には白薔薇《ばら》がメレンゲ菓子《かし》のように柔らかく咲《さ》いていた。

庭園のあちこちに植えられているハーブは初代王妃が植えたものという逸話《いつわ》もあり、王都で暮らす者なら誰でも自由に摘《つ》んでも良いことになっている。あいにく今日は厳しい警備が敷《し》かれているために一般《いっぱん》住民が立ち入ることは禁じられているようだ。

準備されたテーブルには菓子や軽食が並べられている。ゆったりと会を楽しむ余裕があるのは貴族側で、『蜜蜂』側の客はそわそわとしていた。

乾杯《かんぱい》のためのシャンパンを飲み干すと、蜜蜂たちは一斉《いっせい》に目当ての貴族の元へと動き出す。ルルも、ロイと共に貴族たちの間を飛び回ることになった。

「ご無沙汰《ぶさた》しております、クロイツェル男爵《だんしゃく》」

「コールドスミス君じゃないか。また会えて嬉しいよ。今日はパートナー連れとは珍《めずら》しいじゃないか」

「彼女はエインワーズ商会の娘のルル嬢《じょう》です。今回は彼女と共同で製作を行ったんですよ」

壮年《そうねん》の男爵に視線を向けられたルルは緊張《きんちょう》しながらも丁寧《ていねい》に頭を下げた。

「お目にかかれて光栄です、男爵。ルル・エインワーズと申します」

「ああ、エインワーズ商会の……。こんなに美しいお嬢さんがいたとは驚《おどろ》きです。いやはや、コールドスミス商会も安泰《あんたい》ですな」

ルルが美しいとロイの家が安泰……？

という謎《なぞ》の理論を疑問に思ったが、

「こちらがうちの新しい看板商品になる予定の『雨の日』シリーズです。嵌め込まれているのは虹色ガラスと名付けた特殊《とくしゅ》なガラスです」

ロイが特に何かを言うわけでもなく商品の説明に取りかかってしまったので、口を挟《はさ》む機会を逸《いっ》してしまった。

持ち込んだサンプルは、彫刻《ちょうこく》を施《ほどこ》した手のひらサイズの木板の一部をくり抜き、嵌め殺しの窓のように虹色ガラスを入れてある。型で穴をあけたクッキー生地にキャンディを流し込んだ、ステンドグラスクッキーのような見本だ。

手に取った男爵は「ほほう、美しいな」と頷いてくれたので、ルルも解説をするために口を開く。

「光の角度によってガラスの表面に虹《にじ》がかったような膜《まく》が張って見えるように加工してあります」

「なるほど、娘たちが喜びそうなデザインだ。嫁《とつ》がせるときの嫁入《よめい》り道具として作らせてもいいかもしれんな」

好感触《かんしょく》を得てルルは胸を撫で下ろした。

男爵は後日、コールドスミス商会にある完成品を見てみたいと言ってくれたので、ロイとルルは小さくガッツポーズをした。男爵と別れた二人は次のターゲットを探す。

（あ）

ばち、と目が合った相手の姿に驚いた。

（ジェラルド⁉）

招かれていたなんて知らなかった。蜜蜂会《アベイユ》に参加するから休みをもらうと言った時に教えてくれれば良かったのに、と思う。

シャンパン片手に噴水《ふんすい》の前にいるジェラルドの周りには実業家たちではなく令嬢《れいじょう》が殺《さっ》

到《とう》していた。色とりどりの美しいドレスが咲き誇《ほこ》る中心で、愛想《あいそ》の良い笑《え》みを浮かべている。せっせと飛び回らねばならない蜜蜂《ルルたち》に対して、花は優雅《ゆうが》なものだ。

「ルルちゃん、主催のダミアン伯爵に挨拶《あいさつ》に行ってもいいかな」

視界を遮《さえぎ》るように立ったロイに声をかけられ、ルルはハッとした。

「あ、ええ！　もちろん！」

ジェラルドのことを気にしている場合ではない。今日は仕事で来ているのだ。

中年で小太りのダミアン伯爵はタヌキのような食えない笑顔《えがお》でにこにこと二人を迎えてくれた。商《あきな》い上手で懐《ふところ》が温かいらしい伯爵はロイとはずいぶん懇意にしているらしい。

「ロイ君じゃないか。それにエインワーズのお嬢さんもよく来てくれたね」

「伯爵、お招きいただきありがとうございます」

「お会いできて光栄です」

笑顔のロイと共にルルもお辞儀《じぎ》をしたが、ちょっぴりモヤッとしてしまう。

一方的に契約を打ち切った商会の娘なのだから、「あの時はすまなかったね」とか、もう少し申し訳なさを感じてくれてもいいのに……。だが、ダミアン伯爵はむしろ自分が良いことをしたと思っているようだった。

「話はロイ君から聞いているよ。いやはや、エインワーズさんが新進気鋭《しんしんきえい》のコールドスミス家と！　うんうん、素晴《すば》らしいね」

二つの商会が手を組めば良いものができると思って言ってくれているのだろうか。

曖昧《あいまい》に微笑んだルルだが、「子どもの顔が楽しみだ」と言われて凍《こお》りついた。

「えっ？」

「は、伯爵、あの、僕たちはまだそんな関係では」

「おや、そうなの？　でもまあ、仲良く色を合わせてきているくらいなんだから、時間の問題だろう？」ルルのドレスの色とロイのチーフにさっと目をやったダミアン伯爵は構わず話を続けた。「そうそう、ロイ君。例の家具、アーロック貴族の間でずいぶん好評でねえ、ぜひとももう少し輸出してほしいという話が来てるんだが。ちょっと詳《くわ》しく話してもいいかな？」

そしてロイはルルとの関係をはっきりと訂正《ていせい》することなく、「構いませんよ」と微笑む。

「ぜひ近日中にアレが欲《ほ》しいとのことでね」

「そうおっしゃると思って、既に準備は整えてあるんですよ」

「おお〜、さすがロイ君だなあ」

ルルをそっちのけで盛り上がっている。ルルには話がさっぱりだ。

その横で言いようのない気持ちになる。

（さっきの男爵が安泰だとか言っていたのも、わたしがコールドスミス商会に嫁ぐと思ったんだ。ロイがパートナーを……、婚約者《こんやくしゃ》を連れてきたんだと思っている）

——僕たちは、まだ、そんな関係では。

少なからずロイにはその気があるような口ぶりだった。

……ルルだって、ロイみたいな相手と結婚するのが幸せだろうな、なんて確かに思ったことはあったけれど……。

ロイの胸元《むなもと》に挿《さ》されたサフラン色のチーフは、ルルの所有権を主張しているかのようだった。ここにいる貴族たちは、ルルのことをロイの付属品のように思っているのだろう。

いくら共同開発者だと名乗っても、恋人《ルル》が未来の夫《ロイ》の仕事を手伝っているのだと判断する。

そのことに嫌悪《けんお》感を覚えた。

意に沿わない所有物扱いならジェラルドから散々受けているはずなのに、どうしてこんなに嫌だと思うのか。

そして決定的だったのはダミアン伯爵からの何気ない賛辞だった。

「先日、案を貰《もら》ったシャンデリア風のランプも良かったよ。ロイ君のアイデアはセンスがいいね」

（え？）

「ありがとうございます。僕も自信作だったので嬉しいです」

シャンデリア風のランプは、ルルのアイデア帳に書き留めたものの一つだった。つい先日、ロイも褒《ほ》めてくれたもので——……。

（た、たまたまよね。偶然《ぐうぜん》アイデアが重なったんだわ。ロイはあの時、何も言わなかったけれど、同じ案を考えていたとかで）

でも、そんな偶然ってある？

「どうかした？　ルルちゃん？」

黙《だま》りこんだルルの肩《かた》を心配そうにロイが抱《だ》いた。

ルルは無意識に身体《からだ》を引き、ロイの手を払《はら》った。

もやもやが止まらず、ロイに触《ふ》れられることも嫌で、ルルは咄嗟《とっさ》に飲み物のテーブルを指す。

「わ、わたし、緊張で喉《のど》がカラカラになってしまって。向こうで少し休んできても——構わないでしょうか？」

「ああ、構わんよ。お嬢さんはこういった場に来るのは初めてだろうから、緊張するのも無理はない」

ロイと話を続けたいダミアン伯爵がルルを追い払ってくれたので助かった。

そそくさとその場を離《はな》れて適当にグラスを選び、ひと気がない植え込みの側《そば》に置かれたベンチに腰《こし》掛《か》ける。

口をつけたグラスの中身は濃《こ》いネクタ－。

……何故《なぜ》もっとさっぱりしたものを選ばなかったんだろう。

甘ったるい飲み物が胃に流し込まれ、ルルはますます気分が悪くなってきた。


（あいつは何をやっているんだ）

ジェラルドはルルが隅《すみ》の方のベンチに座るのを見ていた。

顔色が悪く、ひどく疲《つか》れているようにも見える。

具合が悪いのか、それとも誰かに嫌なことでも言われたのか……。声をかけに行きたいが取り囲んでいる令嬢たちが邪魔《じゃま》で身動きがとれない。

昔のジェラルドだったら突《つ》き飛《と》ばしてでもこの輪を抜けていただろうが、高位の貴族令嬢たちばかりで邪険《じゃけん》にもできない。

（連れの男は何をしてるんだ）

ルルのエスコート役を務めていただけでも腹立たしいのに、一人にさせておくなんて言語道断だ。

ふとルルが背後を振り返る素振《そぶ》りを見せる。

街と庭園を区切っているアイアンのフェンスの向こう側に十歳くらいの女の子がいた。

声をかけられたらしいルルは少女と二言三言話すと立ち上がる。何かを指差しては首を振ったり、頷いたりしていた。

「……ジェラルド様、聞いていらっしゃいます？」

令嬢たちのむくれたような声にハッとした。

「ああ。もちろん」

適当に返事をしながら、ジェラルドは控《ひか》えていたアンソニーを視線で飛び寄せる。

「……失礼、少々席を外させていただきますね」

令嬢たちから不満そうな声が上がったが、離れた場所でアンソニーに囁《ささや》いた。

「悪いが、馬車を回しておいてくれないか」

「構いませんがもうお帰りになるのですか？」

「……ルル《あいつ》の顔色が悪い。……まあ、何もないならそれでいいんだが」

「念のため、というわけですね。かしこまりました」

「ダミアン伯爵とも少し話がしたかったんだが……」

「今はトリスタン公爵とお話しされているようです。公爵が繋いでくれそうな気もしますが、どうなさいますか？」

今日の目的はダミアン伯爵だ。

ダミアンか、ルルか。僅かに悩《なや》んだジェラルドは「……馬車の手配を頼む」とルルを選んだ。

「かしこまりました」

アンソニーは普段通り、抑揚《よくよう》のない口調で返事をして下がる。

本来の目的より私情を優先させたことに対し、彼は何も責めなかった。否定も賛同もしない態度は、時々ジェラルドを不安にさせる。


一方、令嬢たちはジェラルドがアンソニーとやりとりを始めるとわかりやすく唇《くちびる》を尖《とが》らせた。熱心にジェラルドにアピールしていたのは今年デビュタントを迎えたばかりで怖《こわ》い物知らずの令嬢が数人。そして、若い令嬢たちががっつく姿を内心ではみっともないとこき下ろし、余裕を見せつけている二年目、三年目のお姉さま令嬢だ。

「あーん、ジェラルド様。向こうに行ってしまいましたわ」

「残念ね。すぐに戻ってきてくださるといいのだけど」

「ふふっ。アスター侯爵令嬢のお話が退屈《たいくつ》だったのではなくて？」

水面下で、女同士の戦いが静かに開幕する。

「まあ、バーネット様ったらひどいですわ。まるでわたくしのせいでジェラルド様の興が削《そ》がれてしまったような言い方……」

「あらごめんなさい？　責めたつもりはなくってよ」

「あちらにいる蜜蜂の彼女がおかしなことをしているから、きっと気に障《さわ》ったのよ」

誰かの言葉に、他の令嬢たちもジェラルドの見ていた先に視線を移す。

黄色のドレスを着た庶民《しょみん》の娘が、植えてある花を手折《たお》ってフェンスの外にいる少女に手《て》渡《わた》していた。途端《とたん》に令嬢たちは一致《いっち》団結して一様に顔を顰める。

「まっ……。やだわ、これだから庶民は」

「パーティ中に何をやっているのかしら。草木を触《さわ》った汚《きたな》い手でうろうろされたら嫌だわ」

「だいたい、庶民の娘のくせにこんなところにいるのがおかしいのではなくて？」

槍玉《やりだま》にあげられていた一人、アスター侯爵令嬢は「わたくしが注意してまいりますわ」と胸を張り、腹いせとばかりに庶民の元へと近寄った。


フェンスの向こうで去っていく少女に手を振ったルルは、いくぶんか気が紛《まぎ》れて元気を取り戻していた。

『庭園に植えてあるハーブが欲しいんですけど、警備が厳しくて中に入れないんです。おねえさん、ちょっとそこの花を摘んできてもらえませんか？』

少女の頼みごとはルルにとってはお安い御用《ごよう》だった。

（お供はいないようだし、この辺りに住んでいる子かな？）

家族や友人の体調が悪くて、ちょっとハーブを摘みにやってきましたというような態《てい》だった。ルルが手渡してやると無邪気《むじゃき》に喜んでくれ、その屈託《くったく》のない笑顔に癒《いや》される。

（気分も落ち着いたし戻ろう。……エインワーズ商会を売り込みにきたのに、こんなところに座っていたら時間が勿体《もったい》ないわ）

ロイの姿を探そうとする。すると、華《はな》やかな装いの令嬢に声をかけられた。

「あなた、手洗い場は向こうですわよ」

「え？」

いきなり話しかけられて戸惑《とまど》っていると、「先ほど、土を触っていらしたように見えたから」とにっこりされる。

土というか花を摘んだだけなので別に汚《よご》れてはいないのだが、この令嬢は気に障ったのかもしれない。ルルはとりあえず頭を下げた。

「あ、……お気遣《きづか》いいただき、ありがとうございます」

「いいえ。汚れた手であちこち触られたら不愉快《ふゆかい》ですから。ああ、手洗い場の側から外にも出られますわよ」

圧を感じる微笑みだ。

（遠回しに帰れって言われている？）

中身が入ったグラスを握っている令嬢の手は白くたおやかで美しく、繊細《せんさい》なレースで飾られたドレスに、おくれ毛まで計算しつくされた髪型《かみがた》に……、いかにも上流階級然とした少女に強気な態度を取られ、場違《ばちが》いなところにいることを責められているような気分になる。

「あ、あの、わたし――」

「申し訳ありません！」

慌《あわ》ててやってきた誰かがサッとルルと令嬢の間に入った。……ロイだった。

「彼女が何か失礼なことをしてしまったでしょうか？」

「あら、あなたは確か、コールドスミス商会の方でしたかしら？　この子はあなたのお連れ様だったのね」

「はい。共同開発者として一緒に仕事をしている者です」

ロイはちらりとルルの方に視線を向けると、令嬢に向けて頭を下げた。

「彼女のせいでご気分を害されてしまったのならお詫《わ》び申し上げます」

ルルは何もしていない。

だというのに理由も聞かずに令嬢に向けて謝るなんて……。

ルルはロイの態度に閉口してしまう。

（ロイのしていることは……正しいわよ。貴族の機嫌《きげん》を損《そこ》ねていいことなんてないもの。

こっちが悪くなくても謝るのは当たり前で……）

だけど、それを実際にされると悲しくなる。

この場に現れたロイはルルを助けるためではないのだ。長い物に巻かれておけと言わんばかりに「ルルちゃんもとりあえず謝っておいて」とロイの目が言っている。

むっとしてしまったルルの表情を令嬢は見逃《みのが》さなかった。

「この子、こういった場には不向きなんじゃないかしら。パートナーを連れてくるならもう少し相手を選んだ方がいいわよ。コールドスミスさん」

「おっしゃるとおりです」

「お連れの方にご迷惑《めいわく》をおかけして恥ずかしいと思わないの？　ここはあなたのような子が来るようなところじゃなくってよ」

理不尽《りふじん》に責められたルルは反論しようと口を開いたが、

――ビシャッ。

ワインを顔にかけられ、唖然《あぜん》とした。

え。ものすごく言いがかりだし。

わたしがあなたに何かしました？　って感じだし。

驚きと怒《いか》りと屈辱《くつじょく》がルルの心を意固地にする。とりあえず謝っておくべきだと頭ではわかっているのに、心は拒否《きょひ》していた。

なんでロイはパートナーであるわたしを庇《かば》ってくれないのよ。

……別に庇われたいわけではないが、それにしたって令嬢の顔色を窺《うかが》いすぎなんじゃないかと思う。そしてロイと令嬢に腹を立てながらも言い返せない自分が情けなかった。

顎《あご》を伝って赤ワインが滴《したた》り落《お》ちる。

ルルのドレスの胸元はまだらに染まり、周囲からはひどくみっともない娘として注目を浴びている――……。

「何をしている！」

怒声《どせい》に顔を上げると、まっすぐこちらに歩いてきたのはジェラルドだった。

自分の上着をサッとルルにかけ、怒りに満ちた声で令嬢とロイを睨《にら》む。

「俺の大切な女になんてことをしてくれる」

……この人は。

自分の、味方だ。

ルルの言い分を聞いたわけでもないのに、無条件に助けてくれた。

一方的に責められて傷ついたルルの心が癒《い》える。頑《かたく》なになっていた心が解け、鼻の奥がツンとした。かけられた上着の合わせをぎゅっと握ってしまう。

令嬢はジェラルドの発言に驚いていた。

「俺の大切な……？　ジェラルド様、この子は庶民ですわよ。お知り合いのお嬢さんだとしても、そのような言い方では誤解を招いてしまいますわ」

「誤解？　どんな誤解だ？　俺が彼女に惚れていることは紛れもない事実だ」

「え⁉　惚れ……ッ」

ざわ、と空気が揺《ゆ》れる。

衆人環視《かんし》の中、ジェラルドは堂々とルルの肩を抱いてその場から立ち去ろうとする。

ルルはようやく我に返った。助けられてほっとしている場合じゃない。

「こ、こんな大注目の中、何言って……」

「人目は我慢《がまん》しろ」

そうじゃなくて。

仮にも貴族のジェラルドがルルなんかを助けたら問題なんじゃないか。

庶民の娘相手に「惚れている」とか大スキャンダルだ！　絶対に面白《おもしろ》おかしく騒《さわ》ぎ立《た》てられてしまう。だというのにジェラルドはルルの肩を抱いたままで歩き続け、手際《てぎわ》よくスタンバイされていた馬車に乗せられた。

ジェラルドはルルの向かいではなく隣《となり》に座った。

「顔色が悪そうに見えたから、馬車を手配させていたんだ。そのせいで助けに入るのが遅《おく》れてしまった。……悪かったな」

「あなたが謝ることなんて何もないわよ」

隣にいるジェラルドの顔を見られず、ルルは俯《うつむ》いて「ごめんなさい」と言った。

「わたしのせいであなたに変な噂《うわさ》が立ったりしたら」

「言わせておけばいい」

「でも、せっかくあなたが努力して立て直した地位なのに、こんなことで台無しに……」

「台無し？　どこがだ？　世界一格好良いシーンの間違《まちが》いだろ」

偉《えら》そうに顎を上げて言われて、ちょっと笑った。

笑ったついでに気が緩《ゆる》んで涙《なみだ》が滲《にじ》んだ。

「……何があった？」

「よく、わからない。ハーブを摘んだ手を洗わずにいることを注意されたんだけど、多分、庶民のわたしがパーティに参加していることが気に障ったんじゃないかしら。招待された『蜜蜂』はたくさんいたけれど、若い女の子の蜜蜂なんていないもの」

男漁《あさ》りにきているのではないかと勘違《かんちが》いされたのだと思う。

「話した貴族たちも皆《みな》――わたしのことを『エインワーズ商会から来た娘』じゃなくて『ロイに同伴した恋人《こいびと》』みたいに思っているようだった。そのことも、悔《くや》しかったの」

おまけにロイが盗作《とうさく》したのではないかと疑ってしまうような話……。

自分のアイデンティティが奪《うば》われてしまったように感じた。

「わたしなんかがこんなところに来て、場違いだったわ」

「堂々としてろ。お前はひとつも悪くない」

ジェラルドはきっぱりとした口調で言う。

「『ふざけんな、あいつら見返してやる！』って言うのが普段のお前だろ。『自分を見下すような奴は許すな、相手に文句を言わせないレベルまでのし上がれ』と俺に向かって啖呵《たんか》を切った子どもの頃《ころ》のお前はどこに行ったんだ」

「そんな乱暴な論調で言ってないわよ!?」

「意味合いとしてはそうだろ。俺に大口を叩《たた》いておいて、自分は弱気な態度か？」

「…………」

ジェラルドの言うとおりだ。

今日はめそめそとしてしまって自分らしくない。

「そうね。あなたの言うとおりだわ」

ルルは滲んでいた涙を乱暴に拭《ぬぐ》った。

あの場を助けてくれたこと、そして励《はげ》ましてくれたこと、たくさんのことに思いを込《こ》めて「ありがとう」と口にすると。

「どういたしまして。……惚れ直したか？」

普段通りの意地悪な笑顔を向けられる。

人が真面目に謝っているのに茶化すなんて……、と膨《ふく》れたが、ジェラルドの眼差《まなざ》しはひどく優しかった。

「……惚れ直したって何よ。まだ惚れてもないわよ」

「じゃあ惚れたか？」

「惚れてない」

「強情《ごうじょう》な女だな。さっさと俺のことを好きだと認めろよ」

「っ、認めない……」

「六年前の約束を俺に守らせろよ。『俺は本気だ。必ず迎えに行く』って言っただろ」

ルルは思わず半眼になった。

「言われてないわよ、そんなこと。勝手に過去を捏造《ねつぞう》しないでくれる？」

「いいや。言ったんだ。どうやらお前には伝わっていなかったみたいだがな」

「……どういうこと？」

「退学の手続きを取りに行った日、お前は学校にいなかっただろう？　休みだと聞いたから、やむを得ずそこらへんにいた奴に伝言を頼んだんだ。俺は出立で時間がなかったし、そいつはお前と親しいと言っていたからな」

「え、そんな……。……じゃあ、『本気にするなよ、馬鹿女』って伝言は何？」

「なんだそれは。俺はそんなことを言った覚えはない」

きっぱり否定されてルルは狼狽《うろた》える。「嘘《うそ》」と呟くと「嘘なんかついていない」とジェラルドは言う。

じゃあ、ルルに伝言を伝えてくれた人の嫌がらせ？

それとも、ジェラルドの記憶からすっぽり抜けているだけなんじゃないかとも疑ってしまうが……。

「……もしかしてそんなよくわからない伝言とやらを信じてずっと俺のことを嫌《きら》っていたのか？　やっぱり出立の日取りを遅らせてでも直接言えば良かったな。そうしたら、再会した瞬間《しゅんかん》にお前は喜んで飛びついてきたかもしれないのに」

「自惚《うぬぼ》れすぎよ」

ルルは呆《あき》れたように軽く睨む。冗談《じょうだん》を言ったジェラルドは笑った。

「悪いか？　いつでも喜んで飛びついてきていいぞ」

「飛びつくわけないでしょ、ばか……」

ジェラルドの顔が近づいてくる。

じっとこちらを見つめてくる青い瞳《ひとみ》に視線を絡《から》めとられた。

逃《に》げようと思えば拒否できる時間はじゅうぶんにあるはずなのに逃げられない。硬直《こうちょく》して引き結んだ唇にジェラルドが触れる。

六年越《ご》しのキスはワインの味がした。

昔の、訳がわからないまま勝手に奪われたキスとは違い、愛情や慈《いつく》しみが伝わってくる口づけに鼓動《こどう》が速くなる。酔《よ》ったようにルルは頭がくらくらした。

ジェラルドに優しく抱きしめられたルルは——そこで我に返る。大慌《おおあわ》てで身をよじった。

「おいっ。今さら逃げるな」

「違っ、ドレス！　わたしのドレスは汚れているから！」

先ほどかけられたワインが乾《かわ》いておらずにべたべたなのだ。抱きしめられたりしたらジェラルドの服まで染《し》みがついてしまう。しかし、ジェラルドはルルを離さなかった。

「ぎゃー！　ちょっと！　あんたの服、高いのにっ」

照《て》れ隠《かく》しもあって大げさに騒いでしまうと、耳元で色っぽく囁かれた。

「うるさいな。あとは帰って脱《ぬ》ぐだけなんだから別にいいだろ」

「は⁉　脱……っ」

「……何を考えたんだ？　洗濯《せんたく》って意味だぞ」

「〜〜っ、今の、わざと意味深に聞こえるように言ったでしょ⁉」

赤くなって睨むルルにジェラルドはどこ吹《ふ》く風。再度のキスも拒《こば》めず、ジェラルドの服にもワインの汚れが移ってしまっていることは間違いなさそうだった。

六章 王太子殿下の飼い犬たち

卵や牛乳の配達もまだ始まっていない早朝。

コールドスミス商会が借り上げている倉庫とは別に使用している建物から出たロイは、ジャケットの内ポケットから取り出した鍵束《かぎたば》で倉庫をしっかりと施錠《せじょう》した。

――昨日は散々だった。

蜜蜂会《アベイユ》でも恥《はじ》をかかされたが、帰宅したロイの元に届いたのはジェラルドからの一方的な通達だった。なんて傲慢《ごうまん》で横柄《おうへい》な。子どもの頃《ころ》と変わらない態度に腹が立つ。


昔から、あの男のことは嫌《きら》いだった。

ロイが見つめるルルの視線の先には、あの男がいたからだ。

粗野《そや》で乱暴で喧嘩《けんか》ばかり。大抵誰《たいていだれ》かと揉《も》め事《ごと》を起こしているか、孤立《こりつ》しているかだというのに、女はああいう一匹狼《いっぴきおおかみ》を気取った奴《やつ》に惹《ひ》かれるものらしい。

ルルはお節介《せっかい》なところがあったから放っておけないのだろう。

だが、この男もルルに絆《ほだ》されたのか――ある日、「話があるのでルルを呼んでくれないか」と下級生の教室を訪ねてきた時には、いったい、なんの話があるのだろうと興味が湧いていた。

ルルは数分前に教師に呼ばれて席を外したばかり。

この男は早退でもするのか、帰《かえ》り支度《じたく》をして鞄《かばん》まで持っている。

『――ルルちゃんなら、今日は休みですよ？』

ロイは親切な申し出をした。

『もし伝言があるのなら、よければ僕が伝えておきましょうか？』と……。

過去のことを思い出していたロイだが、角を曲がった途端《とたん》に吹《ふ》っ飛《と》ばされた。

ぶつかったのは人だった。しかし、馬車に追突《ついとつ》されたかのようなヘビーブロウを食らい、勢いよく後ろに倒《たお》れてしまう。その相手がよろめきながらロイの上に倒れ込んできたので、ぐえっと悲鳴が漏《も》れた。

「あーん、いたぁあい。大丈夫《だいじょうぶ》ですかぁ？」

衝突《しょうとつ》相手は太った女だった。

ロイの腹の上で体勢を整えようとしているらしいが、鳩尾《みぞおち》や胃の上あたりを容赦《ようしゃ》なく踏《ふ》んでくる。苛《いら》ついたロイは女を転がすように突《つ》き飛ばして立ち上がった。その拍子《ひょうし》に女のスカートの裾《すそ》がめくれ上がり、「きゃっ」とわざとらしく足を隠《かく》されてますます苛立《いらだ》つ。

「すみませぇん、手を貸してもらえますぅ？」

「失礼。急ぎますので」

「ええっ、あたしぃ、足が痛くてぇ……」

「それは大変だ。では人を呼びましょう」

腕《うで》に絡《から》みつかれそうになったロイは、そう嘯《うそぶ》くとその場から逃《に》げ出《だ》した。

あまりこの辺りにいるところを人に見られたくはなかったし、こんな早朝にふらふらと出歩いているような怪《あや》しげな女は優《やさ》しくしたが最後、舌なめずりをしてロイを家に引きずり込みそうな雰囲気《ふんいき》があった。さっさと逃げるに限る。

――今日は厄日《やくび》だな。

この後の予定も気が詰《つ》まるようなものだ。昇り始めた太陽がロイの足元に影《かげ》を落とした。


「昨日の今日で、どんな顔をして会えばいいっていうのよ……」

ジェラルドの部屋の前で立《た》ち尽《つ》くしたルルは、恥《は》ずかしさに悶《もだ》えながら部屋の扉《とびら》をノックした。

「おはようございます、ジェラルド様」

「ああ、入れ」

ジェラルドは既《すで》に起きていた。

それどころか身支度《みじたく》もすっかり整え終えており、ルルが来るのを待っていただけとでもいうように窓辺で新聞を斜《なな》め読《よ》みしている。

「恥ずかしがって入ってこないかと思ったが、感心感心」

「偉《えら》そうに何言ってるのよ。仕事なんだから当たり前でしょ」

普段《ふだん》通りに言い返しながらも、ルルは少しだけ拍子抜《ぬ》けする。

てっきり、ここぞとばかりに迫《せま》ってくるかと身構えていたからだ。だって昨日はキスとかしたわけだし……、と思い出して赤面しそうになり、急いで仕事モードに頭を切り替《きか》えた。

「すぐに朝食をお持ちします。こんなに早く準備を終えていらっしゃるということは、急ぎのご予定でも入ったんですか」

「ああ。客人が来る予定になっている」

ジェラルドが見ている新聞の見出しには『偽《にせ》のガロン金貨に注意』の文字が大きく躍《おど》っている。

洗濯係《せんたく》が洗い物をすべて干し終える頃、ジェラルドの言う客人を玄関《げんかん》で迎《むか》えたルルは驚《おどろ》いた。神妙《しんみょう》な顔をしてやってきたのはロイだったからだ。

恭《うやうや》しくお辞儀《じぎ》をするお仕着せ姿のルルに、ロイは「ルルちゃん……」と呟《つぶや》く。

まるで奴隷《どれい》に落ちた恋人《こいびと》を見るような目だった。実際にルルがメイドとして働いている姿を見て思うところがあるらしく、アンソニーに案内されるまでちらちらとルルの方を見ている。一礼したルルは客人に出すお茶の準備に回った。

（……昨日はパーティ会場に置いて帰ってしまったし、何か言うべきよね……。ロイに思うことは色々あるけど、売り込みには全然協力できなかったわけだし）

お茶の準備をしたカートを引き、応接室に向かう。

ノックをする前に、

「横暴です！」

ドアの向こうからロイの逼迫《ひっぱく》した声が聞こえたので驚いてしまった。

普段、声を荒《あら》らげたりしないのにどうしたんだろう。そろりと部屋に入ったルルが見たのは、正面に座るジェラルドに向かって怒《おこ》るロイの姿だった。

「エインワーズ商会と共同開発をした品の権利をすべて捨てろなんて……！　うちの職人も開発に携《たずさ》わっているというのに、一方的すぎます」

「コールドスミス商会の職人の大半はエインワーズ商会から引き抜いたと聞いている

が？」

「ですが、今はうちと契約《けいやく》している職人たちです。あれらの品はルルちゃん一人のアイデアで作ったものではなく、僕の考えやうちの職人の技術が詰まっています！」

話の内容にルルは固まった。

（ジェラルドがロイに迫っているのは……わたしが関わった商品の権利の放棄《ほうき》？）

そしてロイがそれに反対しているのか。

部屋に入ってきたルルを見たジェラルドがしたり顔で言った。

「俺は心が狭《せま》いからな。俺の女が関わったものはすべて欲《ほ》しい」

「何言ってんの⁉」

危《あや》うくティーセットをひっくり返しそうになる。

「あんたの女になった覚えなんてないわよ！」

「ほぼなったようなもんだろ」

「なってないわよ！」

確かに、昨日はルルはジェラルドに対して拒《こば》まなかったし、同意の上での……キスだったけれど……、と心の中でごにょごにょ呟いて否定する。

ついさっきまで公私混同しない奴だと思ったのに、「ここに座れ」と命じてきたのはジェラルドの膝《ひざ》の上だ。

「す、座れるわけないでしょ！」

人前で何考えてるのと、メイドらしい言葉遣《ことばづか》いも忘れて怒鳴《どな》ってしまう。

だというのに強引《ごういん》に腕を引かれ、強制的に膝に乗せられてしまった。

「照れなくてもいいだろ」

懐《なつ》かない猫《ねこ》でも撫《な》でるように髪《かみ》に唇《くちびる》を寄せ、色気満点の憎《にく》たらしい笑顔《えがお》で微笑《ほほえ》む。その耳元でジェラルドが囁《ささや》いた。

「……今は俺の言うとおりにしろ」

真剣《しんけん》な声音《こわね》にルルは固まった。

（どうして？）

ベタベタ引っついているところをロイに見せつける必要があるのだろうか。

ジェラルドの膝の上で大人しくなったルルを見たロイは、

「――もうやめてもらえませんか!!」

と怒鳴り声を上げた。

「彼女が逆らえないのをいいことに強引に迫って……、恥ずかしくないんですか？　挙句、僕の持っている彼女の商品の権利を譲《ゆず》れだとか何様ですか!?」

「譲れなんて言ってない。売《う》り渡《わた》せと言ったんだ」

「同じことです！」

「それに、こいつは口では嫌《いや》がっているが、照れ屋だから素直《すなお》になれないだけで本当は喜んでいる」

「喜んでないわよ！」

剣呑《けんのん》な顔をしたロイは懐《ふところ》に手を入れると何かを取り出し、万年筆を走らせた。

「……そちらがそういう考えなら、僕にも考えがあります」

テーブルに置いたのは小切手だ。金額の部分は空欄《くうらん》だが、ロイ・コールドスミスとサインを入れてある。

「残りのルルちゃんの借金は僕が払《はら》います」

「えっ⁉」

どうしてそうなるのかと慌《あわ》てたルルに構わず、ロイの宣言を聞いたジェラルドは余裕《よゆう》たっぷりに鼻で笑った。

「ルル」

「な、何？」

「ここで選べ。こいつの手を取ってここを出ていくか？　それとも、……そうだな、今ここで俺にキスしたら、借金を減額してやろうか？」

ジェラルドの言い草にロイはますます気分を害した顔をした。

「ルルちゃん、そんな要求を呑《の》む必要はない。人の足元を見るような命令をする酷《ひど》い奴の側《そば》よりも、僕の所に来るべきだ」

「……さて、どうかな？　ルルは俺の側にいたいに決まっているだろう」

ジェラルドは得意満面の微笑みを向けてきた。ルルに問いかけるまでもないと言わんばかりの、既に勝利を確信しているらしいジェラルドの顔と声音は憎たらしく、ぶん殴《なぐ》ってやりたい衝動《しょうどう》に駆《か》られたが……。

「……ごめんなさい。わたしは自分でジェラルドに返済するって決めてるの。ロイの申し出はありがたいし、コールドスミス商会にもお世話になってありがたかった。だから、ジェラルドが商品の権利を買うというのなら、本当に……恩を仇《あだ》で返すような真似《まね》になってしまって申し訳ないと思うわ」

ジェラルドの膝の上で謝るなんて誠意を欠いているが、がっちり腰《こし》を抱《だ》かれて逃げ出せないため、できる限り頭を下げた。

「ルルちゃん……」

「——近日中に契約書を作ってコールドスミス商会まで届けさせよう。具体的な売値などもその時に提示させてもらうがいいな？」

「………」

一方的な宣告にロイは押し黙《だま》っていた。

小切手を掴《つか》んで立ち上がると荒々《あらあら》しく部屋を出ていく。彼らしくもない、かなり礼節に欠けた態度だ。

（ロイには悪いことをしてしまったわ）

蜜蜂会《アベィユ》での態度に失望したりはしたものの、恩があることには変わりはない。ルルを受け入れて共同開発するというリスクや手間をかけてくれたのに、権利を持っていかれたとあっては大損だろう。

ジェラルドの膝から降りたルルはロイを追いかけようとした。

……が、行動は読まれたらしく「行くな」と言われる。

ぬるくなった紅茶を飲み干したジェラルドから「もう一杯《ぱい》」と要求されれば、給仕《しごと》をほっぽり出してまで追いかけられない。ブランデーを入れてほしいと言われたので、飾り棚《かざだな》に並べてある洋酒のボトルを手に取り、紅茶に数滴《てき》たらした。

アプリコットの甘い香りがふわりと漂《ただよ》い、部屋の空気が少し弛緩《しかん》する。

「悪いことは言わないから、このままコールドスミスから手を引け。今なら俺がお前を独《どく》占《せん》したいからとかいうアホっぽい理由で押し通せる」

「……どういうこと？」

「コールドスミスとエインワーズ商会の繋《つな》がりを完全に切りたい。今、王都に贋金《にせがね》が出回っているというニュースは知っているか？」

ジェラルドに新聞を届けるのはルルの役目なのだからもちろん知っている。

「ええ。もしも手に入れたら速《すみ》やかに届け出るようにって見たわ。白金を混ぜているから本物よりも白っぽいのよね……。……まさか、コールドスミス商会が関わっているって言いたいの？」

金貨の偽造《ぎぞう》なんて大犯罪だ。

コールドスミス商会といえば高い彫金《ちょうきん》技術——先日商会でも見せてもらったが、銀食器や家具の取っ手部分などに施《ほどこ》された彫《ほ》り込みは大変細やかで美しかった。あれほど高い技術を持った職人と契約しているのなら、この国の国花でもあるウィスタリアの細かい彫刻《ちょうこく》の入った金型を作ることは可能かもしれない。

しかし、家具屋がそんな大それたことをできるだろうか。

「なんのためにそんな……？　コールドスミス商会は偽造したお金で成り上がったの？」

「少し違《ちが》う。ウィスタリア金貨が他国で高く買い取られるという話は以前したな」

「ええ。八番街でアーロックの人に会った時ね」

良質な金を国外へ持ち出そうとする輩《やから》がいるという話だった。

「アーロックではウィスタリア産の金の買取が盛《さか》んになっているらしい。加工の手間がかかる装飾《そうしょく》品とは違い、ウィスタリア金貨を溶《と》かして固めて『金塊《きんかい》』として売るだけでかなりのカネになる。だが、この国からごっそり金貨が減ったらおかしいだろう」

「贋金は、本物の金貨がなくなっていることに気づかれないようにするために作られているということ?」

「そうだ。①出回っている本物の金貨を贋金と替える、②手に入れた金貨は金塊にして輸出する、③アーロックで金塊と『欲しいもの』を交換《こうかん》する。金貨は国外には持ち出せない決まりになっているし、国内で湯水のように金を使っている奴がいればあっという間に疑われるだろうが、こうすれば目立つことなく静かに財布《さいふ》を太らせることができる」

コールドスミス商会は最近やたらとアーロックとの取引が多いらしい。

家具の中に金塊を隠しているのではないかと疑っているとジェラルドは言った。

「おそらくダミアン伯爵《はくしゃく》もグルだろう」

「あ……」

蜜蜂会《アベイユ》でもずいぶんと親しげだった。

アーロックへ輸出する家具の話も……していた気がする。

(もっとしっかり話を聞いておけばよかった)

何か有益な情報が得られたかもしれないのに、あの場を離《はな》れてしまったことを後悔《こうかい》する。

そんなルルの表情を見たジェラルドに釘《くぎ》を刺《さ》された。

「俺やアンソニーが調べている最中なんだから、間違《まちが》ってもお節介を爆発《ばくはつ》させて本人を問いただすような真似はするなよ。証拠隠滅《しょうこいんめつ》されたら困るからな」

「わ……、わかっているわよ」

いかにもルルがやりそうな行動だ。行動を読まれっぱなしのルルは少し面白《おもしろ》くない。

「………どうしてジェラルドがそんなことを調べているの？」

もしかしてルルのためだろうか。……なんて、自惚《うぬぼ》れた考えがちらりと頭を掠《かす》めた。

ルルを心配して、共に仕事をするコールドスミス商会やロイを調べていくうちにこの件に行きついたのだろうか。しかし、ジェラルドの返答は意外なものだった。

「――俺はセオドアの犬だから」

「犬？」

自嘲《じちょう》気味に笑ったジェラルドが頷《うなず》く。

「没落《ぼつらく》寸前だった侯爵《こうしゃく》領の立て直しに手を貸してもらう代わりに、あいつの言うことをなんでも聞く犬になった。……無報酬《ほうしゅう》、ボランティアの雑用係だな」

王太子殿下《でんか》の雑用係。

聞く人が聞けば名誉《めいよ》なことだと感じ入るかもしれないが、ジェラルドの様子を見るに決して良い事ばかりではなさそうだ。

「貴族間を嗅《か》ぎまわるために爵位《しゃくい》を維持《いじ》してもらっているようなものだ。俺はこれ以上出世しないし、アンソニーはセオドアからの借り物だ」

「借り物って」

「あいつは俺がセオドアを裏切らないように監視《かんし》役も兼《か》ねている。侯爵領再建のためにずいぶん働いてもらったが、それもセオドアの指示あってのことだしな」

紅茶を飲みながら、なんてことのない話だと言わんばかりにジェラルドが話す。

アンソニーが淡々《たんたん》と働いている理由も察せられたし、父親が亡《な》くなった後に急成長を遂《と》げたジェラルドと侯爵領も王太子が裏で手を引いていたのかと思えば納得《なっとく》がいく。

けれど、それは、ジェラルドが本当に望んでいたことなのだろうか。

「……わたしのせい？」

「お前のせいとは？」

「わたし、なんにも知らなかった。あんたが侯爵領の息子《むすこ》だってことも知らずに、子どもの頃に偉そうなことを言ったわ。あんたは負《ま》けず嫌《ぎら》いだから、わたしに言われたことが気に入らなくて王太子殿下の手を取ったんじゃないかって……」

「お前のせいというか、お前のおかげだろ。お前に会わなかったら、今、こうして爵位や領地を維持できていなかった。あの頃の俺はどうせ没落して身分もなくなるものだと投げやりになっていたからな」

そう言われてもルルの罪悪感が疼《うず》く。

「……無理してない？」

ジェラルドがやりたくもないことを嫌々《いやいや》やらされているんだったら辛《つら》いし、申し訳ない。

「無理していると言ったら側にいてくれるのか？」

茶化すように言われて、ルルは躊躇《ためら》う。

「冗談《じょうだん》だ」

ジェラルドはすぐに否定した。

「セオドアにこき使われるのは腹立たしいが、俺の陰口《かげぐち》を叩《たた》いていた奴らの不正を暴いて堕《お》ちていく様を見るのは最高に楽しい。ガキの頃、貧乏《びんぼう》侯爵家と馬鹿にした人間の顔と名前も俺はばっちり覚えているからな」

「……わー、性格悪ーい……」

「だから心配するな。俺は望んで今の地位にいる。おかげでお前のやりたいことをいくらでも応援《おうえん》してやれる財力も手に入ったし、コールドスミスなんかにお前の考えた品物の権利を握《にぎ》らせておくのは勿体《もったい》ないだろう」

おまけのようにさらりと言われたが、それは全部ジェラルドの努力の賜物《たまもの》だろう。借金の立て替えからはじまり、疑わしいコールドスミス商会からエインワーズ商会を守るために権利まで買い上げてくれたりと……。ルルはジェラルドに守られ、大切にされている。

（こんな大嫌《だいきら》いな奴と結婚《けっこん》するなんて考えたくもない、って思っていたはずなのに）

最近は強く拒絶《きょぜつ》できなくなっている。甘いアプリコットの香りはルルの心をきゅんと疼かせた。

――ロイと関わるなと言われた翌週のこと。

コールドスミス商会は新しい品を大々的に売り出し始めた。

木製家具に、七色に輝《かがや》いて見える黒いガラスを埋《う》め込んだ『星空』シリーズ。

それはルルのアイデアノートに描《えが》かれていたデザインと全く同じものだった。

「あんた、ここのところ休みのたびに部屋に籠《こも》りっぱなしじゃない。何やってるの？」

ルルに与《あた》えられた使用人部屋にやってきたハリエットとオリアンの手にはティーセット、それから布巾《ふきん》でくるまれた皿があった。

髪はぼさぼさ、服は適当。

ずっと机に向かってデザイン帳を広げていたルルは言葉を濁《にご》す。

「えっと、し、仕事……？」

厳密に言うと少し違う。

コールドスミス商会の新作がルルが考えていたアイデアの盗用《とうよう》ではないかと知った時、ルルはロイを問い詰めに行きたい気持ちでいっぱいだった。

しかし、ジェラルドから接触《せっしょく》を止められているため、現状を指をくわえて眺《なが》めているだけの泣《な》き寝入《ねい》り状態だ。せっかくジェラルドが買い上げてくれたエインワーズ商会の虹《にじ》色《いろ》ガラスを上回る勢いで宣伝をされ、かえってこちらが盗用扱《あつか》いされる始末。父も職人も怒《いか》り心頭だった。

悔《くや》しさをぶつけるようにルルは次なる一手を考えている。……のだが、どうやら二人はそんなルルのことを心配してくれていたらしい。

「家のことをするのはいいけど、あんた、ご飯の時ですら上の空じゃない」

「そーよそーよぉ。部屋に籠ってると思ったら、休憩《きゅうけい》時間に実家にすっ飛んで帰っちゃったり、情緒《じょうちょ》不安定よぉ?」

二人の言うとおり、時間が空くと引きこもりがちだ。

今日は女子会ね！　と宣言した二人は勝手にお茶の準備を始める。

さほど広くもないルルの部屋の床《ゆか》にクロスを敷《し》き、室内ピクニック状態だ。

「えっ、ちょっと二人とも……」

「いいから付き合いなさいよ。お茶する時間くらいあるでしょ」

「そうよぉ、息抜《いきぬ》き息抜き」

「じゃーん！　どう？　あたしが焼いたのよ」

ハリエットが得意満面で皿に被《かぶ》せた布巾を外すと、まだ湯気を立てているスコーンが現れた。ルルは思わず笑顔になってしまう。

「わ、すごい！　この緑色は何？」

「チーズとバジル入りなの。こっちはプレーンだから、クランベリージャムつけて食べて」

「ハリエットって器用よねえ～、あたし、お菓子《かし》は食べるの専門だわぁ」

「わたしも……」

ルルとオリアンの称賛《しょうさん》にハリエットは胸を張った。

「ふふん。未来の旦那《だんな》様の胃袋《いぶくろ》を摑む準備はできてるのよ！　さ、ほら。冷めないうちにどーぞ」

温かい紅茶を淹《い》れれば豪華《ごうか》なティータイムだ。

二人に押されるままに休憩をとらされることになったが、いい香りには抗《あらが》えない。

半分に割るとハーブの香りがふわんと上がる。女子三人でおいしい～と噛《か》みしめた。

「で、ルルはなんでそんなにしゃかりきになって働いてるのよ。あんた、ジェラルド様とデキてんでしょ？」

口に含《ふく》んだスコーンを喉《のど》に詰まらせそうになる。

「違うわよ！」

「違うの？」

「……違うわ」

恋人ではないと思う。

もそもそと口を動かすルルにハリエットは更《さら》に攻撃《こうげき》をしかけてくる。

「じゃ、やっぱりロイさん狙《ねら》いなわけ？」

「それはないわ」

こちらはきっぱりと否定する。

詳《くわ》しい事情を話していなかった二人に、コールドスミス商会とは契約を解消したことを伝えた。すると、ハリエットは真剣な顔をした。

「じゃあ、ロイさんのことはもういいのね」

「え？　ええ……」

「やだぁ、何？　ハリエットったらロイさん狙いなの？」

オリアンが茶化すと、ハリエットは至極《しごく》真っ当な顔でオリアンを見つめ返した。

「何言ってるのよオリアン。それはあんたのほうでしょ」

「へ？」

ルルは驚いたが、オリアンの方がもっと驚いた顔をしていた。

「あたし？」

「あたし、見たのよ。この間ロイさんが帰った後を、あんたが追いかけていったでしょう。

の……覗《のぞ》き見《み》するつもりはなかったんだけど、あんたが何かの包みをロイさんに渡してるのが見えて……、それで、あたしオリアンがロイさんに片想《かたおも》いしてるのかと……」

「やだ、アハハ。ハリエットったら勘違《かんちが》いよ！」

友人の恋《こい》の一大事にもじもじするハリエットの姿に、オリアンはカラッとした声で笑いだした。

「え、何、違うの？」

「ぜーんぜん違うわよぉ。あの日の朝、たまたま街でロイさんとぶつかっちゃったの。その時に鍵《かぎ》を落としていったのよ。それを返しただけ」

オリアンはうふんと笑ってお仕着せのスカートの裾を押さえた。

「彼、恥ずかしがりやさんなのね……。転んだ時にあたしのセクシーな足が見えちゃったもんだから、動転して逃げちゃったみたいなの」

「オリアンの大根足に興奮する要素なくない？」

「殴るわよ、ハリエット」

「なんだー。やだ、あたしの勘違いかぁ」

ルルも一緒《いっしょ》になって笑ったが、この屋敷《やしき》からコールドスミス商会までは離れている。

「オリアン、朝からコールドスミス商会の方まで行ってたの？　お使いか何か？」

ルルの問いに、オリアンは笑った。

「ひ・み・つ」

「……？」

お世辞にも美人とは言えないオリアンだが、彼女の仕草は時々妙《みょう》に色気と迫力《はくりょく》がある。

ふらりと姿が見えなくなることもあるし、私生活はなんだか謎《なぞ》だ。

どーせふらふら散歩していただけでしょ、とハリエットは言うが……。

「そんなことより、ルルはジェラルド様とどうなのぉ？」

オリアンに話を戻《もど》されてしまった。ハリエットもこの話題に食いつく。

「そうよ。あんた、家具のこと考えるよりも、ジェラルド様に恥をかかせないように、マナーとか、作法とか、所作とかの勉強をした方がいいんじゃないの？」

「ハリエット、それ全部一緒よぉ？」

「うるさいわね。だって貴族って何勉強するのかなんて知らないもの」

ルルだって知らない。

というか、そんなこと考えたこともない。オリアンが口を開いた。

「一般的《いっぱん》に言うと国の歴史から地理、経済についての専門的な教育ね。男性ほどじゃないけど、高位の貴族になってくれば基礎《きそ》教養は皆《みな》高いもの。それから裁縫《さいほう》の腕は必須《ひっす》ね。最低限、刺繍《ししゅう》くらいはできないといけないと思うわ。あとは慈善《じぜん》活動に精を出したり、いろんな商家とお付き合いをしたりもするかしら。先行投資をして社交界で物を流行《はや》らせるっていうのも領地や国を潤《うるお》すために必要だもの」

「……詳しいのね、オリアン……」

「って、この間読んだ恋愛《れんあい》小説に書いてあったわ」

怒涛《どとう》の如《ごと》くもたらされた情報にルルの胃が重くなる。

昔ほどジェラルドのことは嫌いじゃない。

一緒に過ごすようになって、惹かれているとも思う。

けれど、実際に恋仲《こいなか》になって、結婚するとなると、それは途方《とほう》もなく困難なことのように感じた。

「……わたしには無理だわ」

貴族の妻になんてなれない。

ジェラルドが望んでくれるのならば、愚痴《ぐち》の聞き役くらいにしかなれそうにない。

オリアンはルルを落ち込ませてしまったと思ったらしく、「これがすべてじゃないわよ？　相手によっては、ただにこにこ笑ってお家《うち》にいてくれるだけでいいって男性もいるじゃない！」と珍《めずら》しく早口でフォローされたけれど……。

「いいの。とにかく今は商会のことを考えなくちゃ。問題は山積みだもの」

目下の問題はコールドスミス商会のことだ。それからエインワーズ商会のこれから。

そして、ジェラルドが調べている贋金の問題もある。

「問題が山積みねぇ……。結構、単純な問題だと思うけど……」

「え？」

オリアンとハリエット。

二人の口から異口同音に告げられたルルはきょとんとしてしまった。

――もっとも、視線を見交《みか》わしたハリエットとオリアンが言う内容には違いがある。

ハリエットは「ジェラルド様はルルのことが好きなんだから、結婚さえしちゃえばどんな問題もジェラルド様がお金と権力を総動員してなんとかしてくれるでしょ」と思っていた。

一方、オリアンはというと。

人知れず問題解決のとっかかりを手にしていたので、近いうちにルルの悩《なや》みのいくつかは解消されるだろうという予言めいた呟きのつもりだった。

七章　あばかれるもの

王都にある某《ぼう》地下クラブでは、シャンデリアの明かりの下で下品な笑い声が飛《と》び交《か》っている。

——ここは、選ばれた紳士《しんし》だけが入ることを許された仮面クラブだ。

チェスや乗馬といった紳士の趣味《しゅみ》のクラブではなく、妻や娘《むすめ》の前で口にすることのできないようないかがわしい集まり。男は若い女の身体《からだ》を撫《な》でまわし、女は金欲《ほ》しさに擦《す》り寄ってくる。

常連であるダミアンはいつもどおり高い酒を注文し、何人もの女を側《そば》に侍《はべ》らせた。女たちは顔を仮面で隠《かく》し、下着同然の煽情的《せんじょうてき》な踊《おど》り子《こ》風の衣装《いしょう》を身に纏《まと》っている。

ダミアンはいらいらとしながら注がせた酒を呷《あお》った。

(あの小僧《こぞう》め、生意気なことをしてくれたな)

贋金《にせがね》が王都に出回っていると新聞記事に出るや否《いな》や、ウィスタリア金貨の流出を疑い、国境間の物の移動を厳しく制限すべきだと喧《やかま》しく言い出した人物がいた。ジェラルド・グランシア侯爵《こうしゃく》だ。

王太子セオドアは安易に輸出入に制限をかけるべきではないと言ったのだが、若造のグランシアに押し切られる形で合意したらしい。輸出入する品は普段《ふだん》以上に厳しい検閲《けんえつ》がかけられることになってしまったおかげで『商売』が滞《とどこお》ってしまっている。

（早めにこの贋金も使いきるべきだな）

侍っている女たちの中でも若そうな少女を近くに呼び寄せたダミアンは「これで新しいドレスを買いなさい」と偽《にせ》のガロン金貨を胸元《むなもと》に挟《はさ》んでやった。むっちりと太ったダミアンに触《ふ》れられ、嫌悪《けんお》に顔を歪《ゆが》めていた女は突《つ》っ込まれたのが金貨だと知るや否や顔を紅潮させた。

「お大尽様《だいじん》、ありがとうございます」

「ずるいですわ。あたしにもお酒を注がせてくださいませ」

「あたしもあたしも」

別の女にもチップを弾《はず》んでやる。きゃあきゃあ嬌声《きょうせい》を上げる女たちに囲まれ、ダミアンは鼻の下を伸《の》ばす。

このクラブは素性《すじょう》の言えない者の集まりだ。

美貌《びぼう》だけを武器にのし上がってきた下層の女もいれば、没落《ぼつらく》して食うに困った元貴族の女もいる。ここには得た金貨を大切にしまっておく女はいない。明日のご飯に、子どもの服代に、借金の返済に使われていく。偽の金貨はあっという間に王都中に広まる。

娼館《しょうかん》などで金を使えばすぐに足がつくが、ここは贋金を使うのに最適な場所だ。金貨が本物かどうかなんて気にするような女もいないだろう。

ハーレムを築いて楽しんでいたダミアンだったが、

「やあやあ。ずいぶん羽振《はぶ》りがよさそうだねえ。私も混ぜてもらっていいかな?」

ふらりとやってきた壮年《そうねん》の男に声をかけられてぎくりとした。

仮面で顔を隠しているが、貴族社会で彼を知らない者はいない。

王家との縁《えん》もあるトリスタン公爵《こうしゃく》だ。有名なのは位ではなく、彼が底なしの大酒家で一度付き合うと吐《は》くまで飲まされると恐《おそ》れられているからなのだが——何はともあれ、高位の貴族と出くわすとは分が悪い。

だが、そんな心配は杞憂《きゆう》だった。

既《すで》にかなり飲んでいるらしい公爵は、若い女を呼び寄せるとその肩《かた》を抱《だ》いた。

ここでのことは公《おおやけ》にされない。公爵がわざわざ弱みを見せてくれたのだし、ダミアンがここにいたことも吹聴《ふいちょう》される心配はないだろう。

ダミアンはすぐに安堵《あんど》し、共犯者めいたへらへらした笑いを浮《う》かべた。

「もちろんでございますとも。新しい酒を開けさせましょう」

ここで公爵との縁を作っておけば、自分にとって利益になるかもしれない。

公爵を味方につけ、王太子に輸出入の規制緩和《かんわ》を口添《くちぞ》えしてもらうのだ。度数の強い高級酒を持ってこさせると公爵はご満悦《まんえつ》の表情になった。

「そうだ、今日はとびきりの新人が入ったらしくてね。ぜひ景気づけにこの席に呼ばないかい？」

「ああ、いいですねえ。呼びましょう」

媚《こ》びへつらってダミアンは笑う。

公爵がマダムに声をかけるとすぐに新人とやらがやってきた。

わくわくして振《ふ》り返《かえ》ると、黒いボンデージにかなり肉付きのいい、ダミアンの想像とはまるで違《ちが》った女が、

「はああい！　ご指名いただき、ありがとうございまぁぁす！」

飛びかかるように勢いよくどしんと膝《ひざ》にのしかかられ、首に両腕《りょううで》を回される。

なんだこの女は、と思ったが最後、ダミアンの意識はそこでぷっつりと途切《とぎ》れた。


「ロイ！」

六番街の外れにある簡素な建物の前。

走ってきたルルに名前を呼ばれたロイは、驚《おどろ》いたような顔で振り返った。

共同制作した品の権利をジェラルドが買って以降会っていなかったので、数週間ぶりの再会だ。

「あれ、ルルちゃん？　そんなに怒《おこ》ってどうしたの？」

「……ひどいじゃない。商会を訪ねたら門前払《もんぜんばら》いを食らったわ」

話がしたいと言っても追い払われたのだ。

ロイは悲しそうな顔をする。

そして、ルルから視線を逸《そ》らすように建物の鍵《かぎ》を開けた。

「それは……、当然じゃないかな。ルルちゃんに裏切られて、僕、結構ショックだったんだよ？　ジェラルド・グランシアの元を出ていきたいというから協力したのに、あいつに手籠《てご》めにされているなんて、きみのほうこそひどいじゃないか」

「だからって、盗用《とうよう》していい理由にはならないわ」

「盗用って、なんのこと？」

振り返ったロイは目をぱちぱちと瞬《またた》く。

「とぼけないで！　コールドスミス商会の新商品は、わたしがアイデアノートに描いていたそのままだわ」

「ええっ、そうなの？　じゃあ、偶然《ぐうぜん》似てしまったということかな？　確かに、ルルちゃんと一緒《いっしょ》に作った虹色《にじいろ》ガラスの商品からインスピレーションを得ているから、アイデアは重なってしまったのかもしれないけど……」

大げさに驚き、申し訳なさそうな顔をされれば、ルルの勢いは削《そ》がれてしまう。

（もしかしてロイにはアイデアを盗《ぬす》むという感覚がない？）

そんなふうに思ってしまう。

ロイはあの時見たデザインが頭に残り、一から自分が思いついたものだと思い込んでいるのではないか。だから、やましいことなどないと思っているし、ルルに責められてもけろっとした顔をしていられるのではないか……。

あまりにもロイが堂々としているので納得《なっとく》しかけてしまう。

それでもルルはロイを糾弾《きゅうだん》した。

「……いいえ。家具が発売されたタイミング的に、わたしがコールドスミス商会に出入りしていた頃《ころ》から製作に取り掛かっていないとおかしいわ。こんなに短期間で、わたしの描《えが》いていた図案そっくりのものをあなたが思いついたとは考えられないもの」

虹色ガラスを使った家具はどちらかというと女性に好まれるデザインだ。

ならばと黒色ガラスを使った家具は男性の書斎《しょさい》に似合うような、黒っぽい色合いが特《とく》徴《ちょう》のローズウッドの材木を選んだ。

選んだ木も、デザインも全く同じ。偶然と呼ぶにはできすぎている。

彼は蜜蜂会《アベイユ》でも、ルルのデザイン案を元に品物を作っているような発言をしていたのだ。

二度も繰《く》り返されればさすがに偶然とは片付けがたく、許すことはできない。

ロイは微笑《ほほえ》んだ。

「証拠《しょうこ》は？」

「え……？」

「僕がきみのアイデアを盗んだって証拠はあるの？　ルルちゃん、世間ではそういうのって言いがかりって言うんだよ。今さらエインワーズ商会がどうこう言ったって、先に発表したもの勝ちなんだ。きみがうるさく盗用だと騒《さわ》ぎ立《た》てるつもりなら、その口を噤《つぐ》んでしまえばいい」

「何を……！　きゃあっ！」

腕《うで》を摑《つか》まれたルルは建物の中に引っ張り込まれた。

扉《とびら》にどんっと勢いよく背を押しつけられて息が止まる。

「馬鹿な女。一人でのこのことやってくるなんて……、まあ、直情的なきみのことだから絶対に文句をつけに来るって思っていたけど」

身体を押しつけられた状態で顎《あご》を摑まれ、否が応でもロイの方を向かされた。

「それがあなたの本性《ほんしょう》ってわけ？」

「そうだよ。僕がきみに近づいたのははじめからアイデアを盗むためだ。落ち目のエインワーズ商会を潰《つぶ》し、うちが面倒《めんどう》を見てやるつもりだった。ダミアン伯爵《はくしゃく》に捨てられた時はさぞかし辛《つら》かっただろ？」

「……っ、ダミアン伯爵がうちと契約《けいやく》を切ったのもあなたの差し金だったのね」

「そうだよ。なのに、僕が助けに行く前に、きみはジェラルド・グランシアの手を取ってしまった。僕の元にくれば大好きな家具作りだって続けられたのに」

当初は虹色ガラスに乗り気だったダミアン。

エインワーズ商会を裏切っても、あとからコールドスミス商会を経て手に入れられると思っていたから平気で契約を打ち切ったのだ。

ロイは愛《いと》しい恋人《こいびと》でも見るように切なげにルルを見つめる。

「……どうしてもっと早くうちの商会を頼《たよ》らなかったの……？」

唇《くちびる》を指でなぞられてゾッとした。

「触《さわ》らないで」

ルルはロイを睨《にら》む。

強気な態度を崩《くず》さないルルにロイはチッと舌打ちした。

ルルちゃんの考えた家具はすごいね、と褒《ほ》めてくれていた姿は見る影《かげ》もない。

「口の利《き》き方に気をつけろ。お前なんか、僕が意見を採用してやらなきゃただの宝の持《も》ち腐《ぐさ》れなんだよ。せっかくその才能を生かせる機会を作ってやったのに、結局、あの男にいいようにされやがって」

「盗用までしないと商売が成り立たないような人に偉《えら》そうなことを言われたくないわ。これまで何人からアイデアを盗んだのかしら？　ヒットした家具は、全部他の人の案なんじゃないの？」

「黙《だま》れ！」

肩を強く摑まれ、ルルのブラウスがピッと引き攣《つ》れた音がした。

ルルはそこではじめてロイから視線を逸らす。やや大げさに声を震《ふる》わせた。

「……やめて。こんなこと……」

「今さら怖《こわ》がるなよ。ジェラルド・グランシアには好きにさせてるんだろ。きみは昔からあの男をずいぶん気にかけていたもんね。粗野《そや》で野蛮《やばん》で、顔しか魅力《みりょく》のなかったあの男を……」

強く引っ張られすぎたブラウスは悲鳴を上げ、ぶち、とボタンが飛んだ。

「っ、だから、ジェラルドが退学したときに嘘《うそ》をついたの？」

「なんのこと？　……ああ、あの時のあれか。昔からあの男のことは気に食わなかったから、ちょっとした意地悪だったんだ。さあ、ほら、おしゃべりの時間は終わりだよ。ダミアンから借りているこの建物は当分、誰《だれ》も来ない。次のアーロック行きの荷物を出すのは当分先になりそうだからね。きみ一人監禁《かんきん》するのなんて簡単なんだよ」

二度とジェラルドの元に帰れないようにしてやる、とロイは笑い——

怯《おび》えた顔をするルルの服に乱暴に手をかけられた瞬間《しゅんかん》、襟首《えりくび》を摑まれたロイは後方に引き倒《たお》された。

「ぐ……っ⁉」

「……ジェラルド⁉」

突然《とつぜん》現れたかのように見えるジェラルドがルルを抱き寄せた。

ジェラルドという名前を聞いた途端《とたん》、外に潜《ひそ》んでいたアンソニーが勢いよく扉を開けて突入《とつにゅう》、ロイを拘束《こうそく》して縛《しば》り上《あ》げる。

「馬鹿な、いったい、どこから……」

予期せぬ闖入《ちんにゅう》者に、ロイは声を上げた。

この建物の出入り口は一つしかなく、窓も明かり取りのための小さな窓が天井《てんじょう》付近にあるだけで、一階に人が出入りできる場所はほとんどない。入り口から入ってきたアンソニーはともかく、いきなりジェラルドに背後から襲撃《しゅうげき》されたロイは不審《ふしん》がった。

ジェラルドは懐《ふところ》から取り出した鍵をロイの前に見せた。

「この建物の合鍵《あいかぎ》は事前に入手してある。お前が来るのを中に潜んで待っていたんだ。お前がルルをこの建物に誘《さそ》い込むだろうと予想をつけてな」

「合鍵だと⁉　鍵はずっと僕が身に着け――」

何かを察したロイは、「まさか、あの女！　お前の差し金だったのか！」と怒鳴《どな》る。

あの女というのが誰のことを指しているのかはわからないが、ジェラルドと計画したのは、ルルがロイを問《と》い詰《つ》めるふりをしてダミアンとの繋《つな》がりを聞き出すことだった。

……計画では、建物内に潜伏《せんぷく》するのはアンソニーで、外に待機しているのはジェラルドのはずだった。だからルルは、アンソニーの助けが入るまではロイから話を引き出してやろうと、わざと挑発《ちょうはつ》するようなことを言ったり、怯えたふりなどもしたのだが──なぜかアンソニーとジェラルドの役割が逆転している。

「お前は金貨偽造《きんかぎぞう》及《およ》び、不正な金の輸出を行った疑いがかけられている。ダミアン伯爵は既に拘束し、コールドスミス商会が関わっていることも吐いている。この建物の中を調べさせてもらうぞ」

中は倉庫として使われているらしく、だだっ広い空間には真新しい家具が詰め込まれている。

「……はっ。そんなこと、僕は知らない。不正な金の輸出？　なんのことだかさっぱりわからないな」

しらを切るロイの拘束はアンソニーに任せ、ルルとジェラルドは目当ての家具を探した。いつでも出荷《しゅっか》ができるようにしてある家具の、緩衝《かんしょう》用の分厚い布を巻いているロープを切る。

いくつかの梱包《こんぽう》を解いて見つけたのは、目当てのデスクだ。

ジェラルドからコールドスミス商会が金貨の輸出に関わっているかもしれないと聞いた時に、ルルが真っ先に怪《あや》しいと思ったのは『妖精《ようせい》』シリーズの家具だ。

わざわざ物が隠せるように作られているのだから、はじめから何かを隠す目的で作られたのだろうと思った。

「これか」

「ええ、そうよ」

ルルは机の裏側に手を回す。ロイはここをいじって天板を上げていた。

ねじを回すと、跳《は》ね上げ式の蓋《ふた》部分が浮いた。

ジェラルドは「なるほど、面白《おもしろ》いつくりだ」と笑う。

本が入るくらいの大きさなのだから、金塊《きんかい》が入っていてもおかしくはない。

ルルは蓋を開けたが――

「えっ」

中身は何も入っていない。空だ。

拍子抜《ひょうしぬ》けしてしまうルルに、

「……だから言っただろう？　なんのことかわからないって」

呆《あき》れたようなロイの声がかかる。これが怪しいに違いないと思っていた目論見《もくろみ》が外れてしまい、狼狽《うろた》えるルルとは裏腹にジェラルドは冷静だった。

「他も調べよう」

別の梱包を解き始めている。

ルルも今開けたデスクの引き出しを無意味に開けたりした。しかし、そんなわかりやすいところに金塊を隠しているわけがない。

「おい、やめろよ。それは商品だぞ。乱暴に扱うな」

「アンソニー、手っ取り早く拷問《ごうもん》でもして吐かせろ」

ジェラルドの無情な命令に、かしこまりましたとアンソニーは律儀《りちぎ》に返事をした。

ロイは喚《わめ》く。

「や、やめろよっ！　本当に知らない。僕は無関係だ！　なあ、ルル。僕がそんなことできるわけないだろう？」

ルルを呼び捨て、必死の懇願《こんがん》を始めた。アンソニーは「やりますか？　やりませんか？」と完全に拷問の指示待ちの目をしている。

「信じてくれよ。その家具は、元エインワーズの木工職人たちに作らせた品なんだ。お前なら、職人が丹精込《たんせいこ》めて作った家具を乱暴に扱《あつか》われるなんて耐《た》えがたいはずだろ！」

――エインワーズの元職人が。

その言葉にルルは心を揺《ゆ》さぶられる。

だとしたら、これだけ精巧《せいこう》な家具を作れるのも納得がいく。

角を落とし、滑《なめ》らかに仕上げた木材の曲面の美しさ。

跳ね上げ式の隠し扉のギミックの精巧さ。

すべての完成度が高いからこそ、ルルの目には「その」部分が目についた。

「ジェラルド、アンソニーさん。何か工具を持っていませんか。ノミみたいなものがベストですがこの際なんでも構いません」

「短剣《たんけん》ならございますが」

「貸してもらっていいですか？」

逃亡《とうぼう》防止のためにロイの背中に膝を置いているアンソニーから短剣を受け取る。

「何をする気だ？」

ジェラルドの問いには答えず、ルルは短剣をある場所へ向かって振り下ろした。


ばき。


切っ先が刺《さ》さったのは、隠し扉の底。

物が入ることを想定されている場所の底板に、いともたやすく刃《は》は刺さり、捻《ひね》るように動かすと木材にひびが入った。

薄《うす》い簡素な板の下から現れたのは——整然と並べられた金の延べ棒。

「二重底か！」

ジェラルドの声にルルは頷《うなず》く。

「底の板が木目から少し歪んでいたのよ。うちの職人だったらそんな雑な仕事はしないから――きっと、金を仕込《しこ》んだ人が接着剤《ざい》か何かでこの薄い板を止めたんだと思ったの」

仕組みとしては単純で雑なことこの上ないが、一度「空っぽです、何も入っていませんよ」と提示された場所を見せられれば、「なんだ、勘違《かんちが》いだったのか」と納得してしまう。ジェラルドもルルもあっさり騙《だま》されて他の場所に意識を向けたし、輸出品を確認《かくにん》する人間も空っぽの場所をしつこく調べまわしたりはしないだろう。

「し、知らない！　僕はダミアンに命じられていただけなんだ」

「往生際《おうじょうぎわ》が悪い。言っただろう？　合鍵を作ってあると。この建物内の怪しい箇所《かしょ》は事前に調べてある。贋金の製作に使ったと思われる金型も、お前が他の商会から盗んだと思われる図案書も見つけてある。無理矢理やらされていたというのには言い逃《いのが》れのできない手紙もな」

さすがに勝手に梱包を解いたり、家具を破壊《はかい》することはできなかったが、状況証拠《じょうきょう》は既に押さえてあるのだ。

ロイは真っ赤になって震えた。

「し、知らない知らない知らないッ！　僕は何も知らないッ！」

「アンソニー、連れて行け」

「かしこまりました」

アンソニーが強引《ごういん》にロイを引っ立てる。

「ふざけるなよ、この成り上がりが！　いいよなぁ、貴族は何もしなくてもカネがあって。蜜蜂会《アベィユ》でも、子どもの頃も、いつもいつも偉そうにしやがって！」

「──何もしていないわけないでしょう⁉　ジェラルドは努力して今の地位にいるのよ！　人からアイデアを盗んだり、犯罪に手を染めているようなあなたに彼を侮辱《ぶじょく》する資格なんてないわ！」

「黙れ、このアバズレ女！　結局お前も顔とカネでその男を選んだくせに……っ」

「なんだと、貴様……！」

カッとなったジェラルドがロイに向かって踏《ふ》み出《だ》す。

ジェラルドの拳《こぶし》が振るわれるよりも。

ロイの暴言が続くよりも、前に。

ドスッとロイの首に手刀を叩き込んだのはアンソニーだった。

あっという間に気絶したロイは人形のように崩れ落ちる。

ルルは驚いて小さく悲鳴を上げたし、ジェラルドも驚きで目を見開いた。

だが、一番驚いているように見えたのはアンソニーだった。

「……すみません、つい」

——基本的にアンソニーは業務外のことは何もしない。

本来、この建物の中にアンソニーが潜むと言った時もジェラルドは難色を示していた。

本当にルルに危険が迫《せま》った時は助けてくれるだろうが、命を脅《おびや》かすような状況でない限り、ロイがダミアンとの繋がりを漏《も》らすまでは言質《げんち》を取ることを優先させるだろうと思っていた。

今も、ジェラルドがどんなに侮辱されようとも顔色一つ変えないような男だと思っていたのに……。

「……珍《めずら》しいな。お前が勝手なことをするなんて」

ジェラルドは困惑《こんわく》した声で昏倒《こんとう》したロイとアンソニーを見比べる。

「お許しください」

「いや、怒っているわけじゃないが……」

「お許しください」

抑揚《よくよう》のない声で謝罪を繰り返したアンソニーは、もうこの話は続ける気はなさそうに「行きましょう」と促《うなが》した。荷物のようにロイを担《かつ》ぎ、バツが悪そうに出ていってしまう。

「……良かったわね」

「良かったとはどういう意味だ？」

「あなた、アンソニーさんからの信頼《しんらい》を得られていないことを気にしている節があったから。きっと、アンソニーさんなりにあなたが侮辱されたことに腹を立ててくれたのよ」

「……」

アンソニーの真の主《あるじ》は王太子かもしれないが、ジェラルドに嫌々《いやいや》従っているわけではないのだ。情だって、ちゃんと生まれているはず。

ルルはジェラルドの服の裾《すそ》をきゅっと摑んだ。

その手をジェラルドが握《にぎ》る。

「怪我《けが》や痛いところはないか？」

「平気よ」

「本当に？　あの男に手荒《てあら》に扱われていただろう」

「本当に平気。ねえ、どうしてあなたが倉庫の中にいたの？　中に潜んでいるのはアンソニーさんのはずだったでしょう？」

この俺様な態度の男が、物陰《ものかげ》にちんまり潜んでいたのかと想像するとちょっとおかしかった。そういうのは普通《ふつう》、部下の仕事で、ジェラルドは後から偉そうに登場したら良かったのに。

「馬鹿だな。お前を危険に晒《さら》すかもしれない計画なのに、俺が人任せにできるわけがないだろ」

その言葉に、こんな時くらいじゃないと素直《すなお》に甘えられないような気がして――ルルはジェラルドの腕に抱き着いた。

「……助けに来てくれてありがとう」

「そんなにしおらしい態度をとるなんて、やっぱり怖かったのか？」

そういうことにしておく。珍しく甘えるルルに、ジェラルドは少し狼狽え、そしてぎこちなく抱きしめてくれた。

終章

「もうすごかったですよぉ、懐《ふところ》から贋金《にせがね》が出るわ出るわ。ダミアン伯爵《はくしゃく》が持ってたの、ぜーんぶ偽《にせ》のガロン金貨でしたからねぇ。クラブの女の子たちに大盤《おおばん》振《ぶ》る舞《ま》いしていましたけど、正規のお金払《はら》う気ゼロっていっそ潔《いさぎよ》いですよね」

豪奢《ごうしゃ》な部屋の中、執務《しつむ》机に座るセオドアは女の報告を真剣《しんけん》な顔をして聞いた。

机の上で組んだ手に顎《あご》を乗せ、キリリとした真顔で呟《つぶや》く。

「――僕もそのクラブに行きたかった」

「王太子殿下《でんか》ともあろう方が何を馬鹿なことをおっしゃっているんですか。アンネリーゼ妃《ひ》に睨《にら》まれれますよ」

呆《あき》れたように肩《かた》を竦《すく》める女の服装は、王城メイド、、、のお仕着せだ。

くるぶしまである濃紺《のうこん》のワンピースに、上質なレースに縁《ふち》どられたエプロン。普段《ふだん》着ている洗いざらしのエプロンとはまるで違《ちが》う。

「積極的な格好の女の子にキャーキャー囲まれてみたいって思っただけだよ」

「社交界でもじゅうぶんおモテになっておられるではありませんか」

「社交場でのやりとりなんてモテているっていわないよ。皆《みな》ギラギラした目で少しでも僕に好印象を持たれようと必死なんだから、こっちだって息が詰《つ》まる」

「さようでございますか」

「ああいうところに行くと気分も開放的になるんだろう？　きみもずいぶんと楽しんでいたみたいだって公爵《こうしゃく》が話していたよ」

むぐっと女は息を詰まらせる。

……白状しよう、クラブへの潜入《せんにゅう》はちょっと楽しかった。黒いボンデージ姿で潜入するのなら、鞭《むち》とか持っていった方が気分が上がったかもしれないと思ったくらいだった。

ダミアン捕縛《ほばく》に任命された女は、贋金を所持しているところを現行犯で捕《つか》まえるために地下クラブへと潜入したのだ。贋金の確認《かくにん》に時間をかけるつもりなどなかったので、手っ取り早くダミアンに飛びかかり絞め技《わざ》で気絶させたのだが、女の見た目からは想像できぬ早業《はやわざ》と手際《てぎわ》の良さにトリスタン公爵は手を叩《たた》いて絶賛していた。

「……殿下が公爵に手伝いを依頼《いらい》されたのですか？」

あの場に来るはずもない公爵が現れたので、少しだけ驚《おどろ》いたのだ。

「んーん。あのおっさんが勝手に行っただけ。ジェラルドのことが気に入ったから、自分も何かしようと気まぐれを起こしたんだってさ」

「トリスタン公爵が、ジェラルド様を？」

「しこたま飲ませてべろべろに酔《よ》ったジェラルドがルルちゃんの話をしたんだってさ」

「――なるほど。公爵様は、確か一人目の奥様とは恋愛結婚《れんあいけっこん》でしたね」

周囲の反対を押し切り、身分の低い妻《めと》を娶った公爵。

しかし、僅《わず》か数か月でその妻は心労が祟《たた》り、儚《はかな》くなられた。

二人目の妻として娶った今の夫人との関係は良好なはずだが、公爵なりに思うところがあったのかもしれない。

侯爵《こうしゃく》であるジェラルドと、中流階級とはいえ庶民《しょみん》のルルとでは身分の壁《かべ》が大きい。

ジェラルドの姿に、公爵は自分の若かりし日の姿を重ねているのやも……。しんみりとした女の前で、セオドアはカラリと乾《かわ》いた声で笑う。

「いやー。昔の僕はなかなかいい拾い物をしたよね。負債《ふさい》まみれの貧乏《びんぼう》侯爵家の息子《むすこ》がどこまでやれるものかと思っていたけど、アンソニーのこともうまく使っているようだし、公爵も味方につけたようだし、見ていて飽《あ》きないよ」

「……そうですね」

ふ、と女も笑う。

「面白《おもしろ》そうだから僕もルルちゃんに会ってみたいなあ。今度お忍《しの》びでグランシア邸《てい》に遊びに行こうかな」

「ふらふら出歩かれると護衛が泣きますよ。では、仕事に戻《もど》りますので、私はこれで失礼します」

釘《くぎ》を刺《さ》し、報告を終えた女は一礼してセオドアの御前《ごぜん》から下がった。

出て行きざまにセオドアから声をかけられる。

「……きみはルルちゃんに正体を明かさないの？」

「ええ。――だってぇ、殿下直属の諜報《ちょうほう》員だなんて肩書《かたが》き、仰々《ぎょうぎょう》しすぎるじゃないですかぁ〜。アンソニーだけじゃなくて私まで王太子殿下の息がかかった人間だなんて、普通《ふつう》の子が聞いたら怯《おび》えさせちゃいますよぉ」

ぱたぱたと手を振《ふ》ったオリアンは間延びした声で笑った。

自分はまだ、ただの友人として彼女の恋《こい》を傍観《ぼうかん》していたい。

セオドアに命じられ、アンソニーと共にグランシア侯爵家に勤めている身だが、メイドとしての生活は思いのほか気に入っていた。

ロイはダミアン伯爵と手を組み、金塊《きんかい》を家具に隠《かく》して隣国《りんごく》アーロックの貴族に売りつけていたことが暴かれた。贋金製作に用いられた金型も押収《おうしゅう》され、大々的な事件になった。

彼によってアイデアを盗《と》られたという家具商会も名乗りを上げている。批判に晒《さら》されることになったコールドスミス商会は畳《たた》まれた。

ロイの父親は共犯ではなかったものの、才能豊かだと思っていた自慢《じまん》の息子が盗作《とうさく》をし、あまつさえ犯罪に手を染めていたことがショックだったようだ。

ルルが思い出すのは、ロイが「売れなかった」と自嘲《じちょう》していた椅子《いす》だ。

未練がましく展示室に置いていると言っていたけれど、あの椅子こそ、跡取《あとと》りとしての成果をあげなくてはならないと苦しんでいた彼の心の叫《さけ》びだったのかもしれない。

だけど、きっと、あの椅子を買って、大切に使ってくれた人もいたはずだ。ルルはそう願う。ロイがその時の気持ちを思い出してくれることも。


社交シーズンが終わり、大半の地方貴族たちは領地へと帰っていった。

商魂《しょうこん》たくましい商売人たちによって賑《にぎ》やかだった王都は普段通りに戻り、街路樹や植え込みの葉は日差しを受けて夏色に輝《かがや》く。

長らく休業していたエインワーズ商会は店の営業を再開した。

ショウウインドウから見えるように並べたのは温かみのある木製家具。

陽光が差し込むたびにきらりと虹色《にじいろ》ガラスのオブジェが七色の光を反射するようになっている。

最大のライバルだったコールドスミス商会がいなくなった今、新規顧客《こきゃく》を受け入れるぞという気合いの元で再始動をしたエインワーズ家だったが……。

「コールドスミス商会が店じまいしたからと言って、別にエインワーズ商会にお客さんが大挙してやってくるわけじゃないのよね……！」

世の中は世知辛《せちがら》い。

……というか、ものすごく家具が売れて儲《もう》かっているように見えたコールドスミス商会の売れ筋は『金の延べ棒を隠した不正な家具』だったのだから、あちらの商会の顧客がべらぼうに多かったわけではないのだ。

ルルは商会のカウンターで突《つ》っ伏《ぷ》す。

「ルル、せっかく侯爵家で休みを貰《もら》っているのに、うちで店番なんかしてていいの？　どうせお客さんは来ないんだし、ジェラルド様とデートでもしてきたら？」

母に声をかけられた。

「なんでデートなんかしなくちゃいけないのよ。別にわたしたち、そんな関係じゃないし」

「あらそう？　少し前までは『さっさと辞《や》めてやる！』って息巻いていたくせに、最近はジェラルド様の悪口を言わないから、何かあったのかと思って」

「………………」

ぐっ、と押し黙《だま》る。

家族三人はこれまで通りの暮らしに戻ったものの、ルルだけはまだグランシア邸に身を寄せていた。借金の返済が終わっていないからジェラルドの元にいるのだが、確かに勤め始めの頃《ころ》のように愚痴《ぐち》を口にすることはなくなった。ジェラルドに抱《いだ》く感情が変化していることを家族には察せられている気がする。

「……あら、嫌《いや》だ。カマをかけただけのつもりだけど、もしかして本当にジェラルド様と良《い》い仲だったり――」

「しません！　ただのご主人様とメイドです！」

「そんなにムキにならなくても。出かけるのなら店番を代わるから声かけて頂戴《ちょうだい》ね」

二階に上がる母を見送ったルルは、自分に言い聞かせるように心の中で呟く。

わたしたちの関係は、ちょっと意地悪なご主人様と生意気なメイド。

昔馴染《むかしなじ》みだから彼の愚痴も聞くし、わがままもあしらってあげる。

主従であり、友人のような。そんな関係でじゅうぶんだ。

（うちの家族は玉《たま》の輿《こし》を狙《ねら》っているみたいだけど、そもそも身分が違うんだから。侯爵とメイドの恋なんてありえないし）

いつの間にか、「ジェラルドのことが嫌《きら》いだから」求婚《きゅうこん》お断りなのではなく、「身分差」を言い訳にしていることをルルは自分でも気がつかずにいた。

こつ、こつ、とショーウインドウを叩く音に、ルルははっとして顔を上げると――……

「えっ、ジェラルド？」

ガラスの向こうにいるのは、いつぞやにドールハウスを見に行った時のようにラフな格好をしたジェラルドだ。驚いて立ち上がったルルと目が合うと口を動かす。

つ・き・あ・え、と口の動き。

そしてちょいちょいと呼び寄せるような仕草をしている。

――そう、以前なら。こんなふうに休日に商会に押しかけてこられたら、なんで休みの日にまであんたと会わなくちゃいけないのよ、とか、いったい何しにきたの、と疑ってかかったりしたはずなのに。

「……母様！　わたし、散歩に行ってくるから！」

ドアのカウベルが弾《はず》むようにカラロンと鳴る。

「ちょっとついてこい」と言ったジェラルドは、今日は仰々しい馬車には乗ってきていないようだった。どこに行くのかと尋《たず》ねると学校だと言う。

「……学校？　って、わたしたちの通ってた学校？」

「そうだ」

歩きだすと、ごく自然に手を取られた。

ルルは驚いたが振りほどけない。

手を繋《つな》ぐなら特別報酬《ほうしゅう》を要求してもいいくらいなのにそれも言えずにされるがまま。街を歩く人々はそんなルルたちの様子を気に留めたりしない。ごく普通の若い恋人《こいびと》同士だと思われているのだ。

妙《みょう》に緊張《きんちょう》してしまうルルは話を続ける。

「トーマスから聞いたんだけど、あなた、学校に寄付をしているんですって？」

「ああ。今日は少し様子でも見に行こうと思ってな。寄付した金がちゃんと学校のために使われているかどうかの確認だ」

「そうなんだ……。定期的に様子を見に行くものなの？」

「いや、年に一度あるかないかだが。……お前、俺がずーっと王都にいると勘違《かんちが》いしていないか？　さすがにグランシア領から頻繁《ひんぱん》に通うほど俺も暇《ひま》じゃないぞ」

「あ」

そういえばそうだ。

再会したジェラルドがずっと王都に滞在《たいざい》しているような気になっていたが、彼の帰るべき領地は別にあるのだ。すっかり失念していた。

「シーズンが終わったし、あなたも領地に帰るの？」

「そうだな。まだダミアンたちの件で細々と動いているんだが……、それが落ち着けば一度帰ろうと思っている」

「そ、そっか。そうよね。ちなみにわたしってどうなるの？」

ジェラルドに雇《やと》われている身なので、ルルもグランシア領についていかないといけなかったりするのだろうか。

「お前がついてきたいなら構わないが……、エインワーズ商会のことだって気にかかるだろう。タウンハウスには何人か残して帰るつもりだし、お前もそのメンバーということで王都に残ってもいいぞ。そうなったらたいした仕事はないから給料は減らすが、ついてくるか残るか、好きに決めたらいい」

てっきり、「お前は俺のメイドなんだから、侯爵領についてくるのが当たり前だろ」と言われるものだと思っていたルルは拍子抜《ひょうしぬ》けしてしまった。

「……あ、ありがとう。そうね、少し考えるわ」

「ああ、それと。お前宛《あて》に預かっているものがある」

「？」

リボンのついたメッセージカードを渡《わた》された。

送り主の『オクタヴィア』という名前に心当たりは全くない。裏返すと『おねえさんへ、こんどそうだんにのってほしいことがあるの』と書かれていた。藍色《あいいろ》のインクで書かれた文字はお手本のように綺麗《きれい》だが、書いてあるのは子どもらしい脈絡《みゃくらく》のない文章だ。

「なんの相談？　どこの子かしら」

「蜜蜂会《アベイユ》でお前がハーブを取ってやった子どもだ。部屋の家具を新調したいらしい。エインワーズ商会はオーダーメイドも承《うけたまわ》っているから、花とか草とかの柄《がら》が入った品にしてほしいんだと」

「それは嬉《うれ》しいわ。でも、うち、それなりにお金を取る店だけど……、大丈夫《だいじょうぶ》かしら」

予算に応じて安く仕上げることもできないことはないが、それにしたって既製《きせい》品の安い家具よりはお金がかかってしまう。

少女の希望には応えてあげたいが、と気を揉《も》んでいると。

「問題ない。あの子どもはトリスタン公爵家の孫娘《まごむすめ》だ」

「へ？」

「金ならめちゃくちゃ持ってるし、オーダーメイドの家具を作りたいっていうのもベッドから壁紙《かべがみ》まで一揃《そろ》えって意味だし、なんなら『おじいちゃま』の部屋の模様《もよう》替《が》えまで相談に乗ってやれ」

「ちょっと待って。公爵家の孫娘⁉　そんな子がどうしてハーブなんか摘《つ》みに⁉　それにあの子、中に入れないって言ってたのに！」

てっきり市井《しせい》の子どもだと思い込んでいた。

「ずいぶんお転婆《てんば》で困っていると公爵が言っていた。母親が風邪《かぜ》気味なのを心配してハーブを摘みに出かけたらしいが、あの子にとってこの王都は庭みたいなものだそうだ。護衛の人間を撒《ま》くのも遊び感覚なんだろう」

ぽかんとしてしまうルルにジェラルドは笑う。

「話がまとまったら結構な額になるんじゃないか？　借金返済にも大きく繋がるだろう」

「そ、そうね。だったらぜひとも頑張《がんば》らないと……」

だから、ジェラルドはルルに王都に残ってもいいと言ったのかと納得《なっとく》した。

グランシア領についていって日給三万の仕事をして稼《かせ》がなくたって、この依頼をまとめればお金が手に入るだろうから……。

メイド業をしなくてもお金が手に入る上に商会の仕事もできる。ルルにとっては喜ばしいことずくめのはずなのに何故《なぜ》だか胸が痛む。

学校に着くと、ちょうどお昼休みが終わる時間だった。

校庭で思い思いに時間を過ごしていた生徒たちは、午後の授業のために教室へ戻っていく。

おしゃべりをしながら去っていく者、パンを齧《かじ》りながら走っていく者、……校門から入ってきたジェラルドとルルにちらりと視線を向ける者も何人かいた。トーマスの姿は見当たらなかったので校内にいるのだろう。

守衛の詰め所にジェラルドが声をかけると、いくばくもしないうちに学園長がすっ飛んできた。

「よくおいでくださいましたグランシア侯爵。先日は寄付金を誠《まこと》にありがとうございます。このような場所で立ち話もなんですから、どうぞどうぞ、学長室へお入りください」

「いえ。今日はプライベートで寄らせていただいただけですので」

ジェラルドはお茶の申し出は断ったが、

「……よろしければ、補修したという図書館を覗《のぞ》かせていただいても？　彼女もここの卒業生でして、ぜひ中を確認しながら当時のことなどを語らいたいのですが」

「どうぞどうぞ。傷《いた》んでいた階段の修理だけではなく、蔵書数も増やさせていただきましたので、ゆっくりなさってください」

学園長は恭《うやうや》しい態度で許可を与《あた》えてくれた。二人は共に図書棟《とう》へと向かう。

「この学校って、侯爵家とはなんの関係もないでしょう？　なのに、ずいぶんと支援《しえん》しているのね」

「……俺にとっては思い出の場所だからな」

ジェラルドは周りの生徒とうまくいっていなかったし、さほどいい思い出があるわけじゃないでしょう……？　と思ったが、ジェラルドはほんのりと笑《え》みを浮《う》かべている。

図書館の古い扉《とびら》を開ける。

それだけでルルは時が巻《ま》き戻ったかのように感じた。

「……懐《なつ》かしい。わたし、よく図書館は利用していたの」

カウンターにいる初老の司書がこちらに頭を下げている。ルルもジェラルドもぺこりとお辞儀《じぎ》をして中に入った。階段を上がった二階にある学習スペースで、ルルはよくデザインに使えそうな図録や美術書などを読んでいた。

授業中なので図書館はルルたちの貸し切りのようなものだ。書架《しょか》の間を並んで歩く。

「俺は今でも時々思う。退学せずにこの学校で過ごす未来もあったのかもしれないな、と。この学校に残っていたら領地を立て直せずに身分を捨てることになっていただろうが、お前と学校生活を過ごすのは悪くなかっただろうな」

「そうね。まあ、むかつく奴《やつ》だと思っていたけど、……きっと友達にはなっていたでしょうね」

それだけではなく、もしかしたら恋に落ちていたかもしれない。

ジェラルドが貴族だと知らないまま。釣《つ》り合《あ》った身分同士だと思って。

「だけど俺は、ちゃんと『侯爵』を名乗れるように頑張って良かったと思うんだ。結果的にお前の家のことも助けることができたし、あのままふてくされて目の前の問題から逃《に》げていてはいけなかったんだと思うしな。気づかせてくれたのはお前だ。——ありがとう、ルル」

「……やだ、ちょっと、お別れみたいじゃない。どうしてそんなことを言うのよ」

「王都を離《はな》れる前に伝えておこうと思っただけだ」

ジェラルドはルルがグランシア領までついてこないと思っているのだ。

トリスタン公爵家の女の子のおかげで借金返済の目途《めど》もたちそうになっている。

主従関係の終わりが見えてきたのだ。

この契約《けいやく》関係が終われば、こんなふうに気安くやりとりする機会もなくなってしまう。

そしてジェラルドだっていつまでもルルをからかって遊んでいるわけにはいかないに違いない。彼は侯爵。跡取りだって必要だし、今だって社交界で令嬢《れいじょう》たちから人気なのだから——……。

ぎゅっとルルの胸は締めつけられるように痛んだ。

「……こっちこそ。再会した時は大嫌《だいきら》いとか言ってしまったけど、わたしが困っていたらいつも助けに来てくれて、……守ってくれて、ありがとう」

特別報酬の命令だってあんなに嫌だと思っていたのに、いつしかお金なんて関係なくジェラルドの側《そば》にいて、抱《だ》きしめられたり、手を繋ぐことを拒《こば》まなくなっていた。

ジェラルドから特別扱《とくべつあつか》いをされることを嬉しく思ってしまっていたのだ。

もう側にいる理由がなくなるかもしれないという状況《じょうきょう》になりかけて、ルルはようやく気づく。

（わたしは、ジェラルドのことが好きなんだわ……）

ジェラルドは優《やさ》しく微笑《ほほえ》み、ルルの頬《ほお》に手を伸《の》ばす。

「お前には振られてばかりだが、そんな顔をされると期待してしまうな。『あんたなんか大嫌い』と言っていたお前はどこへ行った」

「そっちだって。いつも自信満々に『俺に惚《ほ》れたか？』とか聞いてくるくせに……」

「じゃあ早く認めろよ。俺のことが好きになったんだろ」

自信満々な言い方がむかつく。

賭《か》けは俺の勝ちだな、と言わんばかりのジェラルドの顔を見ていると素直《すなお》に言いたくなくなってしまう。負けを認めたくないルルは可愛《かわい》げがない態度で言い返してしまった。

「そういえば、わたしから告白したら借金返済は免除《めんじょ》してくれるのよね。残りの借金ってどれくらい？」

もちろん、好意に甘えてチャラにしてもらうつもりはない。

ジェラルドが好きだということは認めるが、借りたお金はきちんと返すつもりでいたので、その確認だった。

「一千と二百万ガロンだな」

「……ごめんなさい。聞き間違《まちが》い？」

「いや、間違ってない。一千二百万ガロンだ」

「…………」

ルルは叫んだ。

「なんで⁉　減ってないのおかしくない？　むしろ増えた二百万ガロンは何っ⁉」

「コールドスミス商会からクレームが来た。息子が犯罪に関わっていたことは事実だし、不正に儲けていた事実は認めるが、売り物の梱包《こんぽう》を勝手に解いて品物を傷つけたのはそちらが悪い。注文した顧客への返金と、被害《ひがい》にあった物は弁償《べんしょう》しろとお前宛に請求《せいきゅう》手続きが来た」

「あの商会、ちゃっかりしてるわね⁉」

盗用《とうよう》された商会からも賠償《ばいしょう》を請求する声が上がっていると聞く。

ルルに難癖《なんくせ》をつけてでも貰える金は貰っておこうという魂胆《こんたん》が見え見えだ。

「もう払ってある。というわけで、お前の借金に上乗せな」

「……。……いいわよ、払うわよ……っ」

「さて、どうする？　今すぐに俺と結婚すると言えばこの借金はチャラだ。それとも日給三万ガロンでグランシア領まで働きにくるか？」

ああ、もう、何よその選択肢《せんたくし》！

「どっちを選んでもあんたから離れられないいじゃない！」

「嬉しいだろ？」

嬉しいけど嬉しくない！

いつもいつもこの男はルルを振りまわしてばかりだ。

偉《えら》そうな命令と借金でルルを自分の元に囲い込むくせに——ルル自身が望んで、選んで、ジェラルドの側にいるのだと言うのを望んでいるように見える。

その、ほんのひとかけらだけ覗く自信のなさが愛《いと》おしいと思う。

（もう少しだけ、この関係のままでいたい）

恋を自覚したばかりのルルは、まだ、ジェラルドとの結婚なんて考えられない。

自分が貴族に嫁《とつ》げるのだろうかとか、侯爵夫人としてやっていかなくちゃいけないのかとか——それに、エインワーズ商会の今後のことだってある。

（だから、恋心《こいごころ》がもっと育つまでは）

ジェラルドが出してくれた選択肢に甘えさせてほしい。

ルルは宣言した。

「借金はちゃんと返すって言ったでしょ。……見てなさいよ。わたしが借金を返済し終わっても『どうか側にいてくださいお願いします』ってあんたに言わせてみせるわ」

「ほーう？　それは楽しみだ。だったら俺もこれまで以上にお前に迫《せま》って、俺から離れられなくしてやる」

「えっ、これまで以上はちょっと」

言っている側から腕《うで》を引かれてキスされる。

(また勝手に!)

子どもの頃とほとんど同じシチュエーションだ。憤慨《ふんがい》したルルだが、突き飛ばせずに受け入れてしまう。一度唇《くちびる》を離したジェラルドと目と目が合う。怒《おこ》ったルルの顔を見てくすっと笑ったジェラルドからもう一度口づけられた。

目を閉じると、授業が終わったらしい生徒たちのざわめきが遠くから聞こえてくる。廊下《ろうか》を走る音。楽しげな笑い声。——その中には喧嘩《けんか》をする男女の声も。

端《はた》から聞いているとただの痴話喧嘩《ちわげんか》にしか聞こえないのに、自分たちは本気で喧嘩をしているつもりなんだからおかしい。

不毛な戦い? 意地の張り合い?

……そんなの当人たちはわかり切っている。

彼らのように喧嘩をする時間が、わたしたちにもまだ必要だ。そうして、会っていなかった六年分の時間を少しずつ埋《う》めていけたらいい。そんなふうに思った。

Fin.

あとがき

お久しぶりです、あるいははじめまして。深見《ふかみ》と申します。

本作は借金のカタに嫁《よめ》にな…らないお話をお届けさせていただきました。

このお話のベースとなる構想を一番最初に提出させていただいた時、ジェラルドの職業は借金取りでした。「お金持ちのお嬢様《じょうさま》が借金取りのメイドになるお話」は一度はボツになったんですが……。

ジョブチェンジで貴族に！　伯爵《はくしゃく》になり、もう一声侯爵《こうしゃく》！　と大出世を果たし、こうして一冊のお話にすることが出来ました。作中でも彼は今の地位につくまでに、なんやかんやあった設定ですが、作外でも紆余曲折《うよきょくせつ》あって今のジェラルドが生まれていますので感慨深《かんがいぶか》いです。ケンカップルが好きなので、わーっと言い合っている時の楽しさと、恋愛《れんあい》面でのちょっとしっとりとしたときめきとのギャップが描《えが》けていたら嬉《うれ》しいなと思います。

ルルの家であるエインワーズ商会は十九世紀に実在したモリス商会から着想を得ました。都合よくアレンジしたなんちゃってヴィクトリア朝の世界の中で、「こんな品があったら可愛《かわい》いだろうな」とあれこれ空想するのはとても楽しかったです。

また、本編にまったく関係のない小ネタなんですが、花言葉ならぬ酒言葉というものがあると知り、せっかくなので作中にお酒をちりばめてみました。

シェリー酒は『夜のお誘《さそ》い』、ロゼワインは『私を射止めて』、アプリコットフィズは『振《ふ》り向《む》いてください』。特にネタバレでもなんでもないですので、あとがきは先に読む派の方もどこに登場するかにやにやしながらページをめくって頂けると嬉しいです。

ここからは謝辞になります。

担当様には本当に本当にお世話になりっぱなしでした。改稿《かいこう》やスケジュール面、入稿《にゅうこう》するまで、ご迷惑《めいわく》のかけ通しでして……！　ここまで支えてくださり感謝しかありません。

イラストをご担当下さった鈴《すず》ノ助《すけ》先生。ジェラルドもルルも麗《うるわ》しく、キリッとした意志の強そうなお顔と色気の漂《ただよ》う雰囲気《ふんいき》が最高です！

編集部の皆《みな》さま、お世話になっている関係各所の方々にも御礼申《おんれいもう》し上《あ》げます。

そして読者さま。本作を手に取って下さり、ありがとうございました。

また物語の中でお会い出来ることを願っています。

深見アキ

◎参考文献《ぶんけん》
久我真樹《くがまさき》『英国メイドの世界』（二〇一〇年、講談社）
ダーリング・ブルース／ダーリング・常田益代《ときたますよ》『図説ウィリアム・モリス　ヴィクトリア朝を越《こ》えた巨人《きょじん》』（二〇〇八年、河出書房新社《かわでしょぼうしんしゃ》）

■ご意見、ご感想をお寄せください。
《ファンレターの宛先》
〒102-8177 東京都千代田区富士見2-13-3
株式会社KADOKAWA ビーズログ文庫編集部
深見アキ 先生・鈴ノ助 先生

B's-LOG BUNKO
ビーズログ文庫

一身上《いっしんじょう》の都合《つごう》で（悪辣《あくらつ》）侯爵様《こうしゃくさま》の契約《けいやく》メイドになりました

深見《ふかみ》アキ

2022年5月15日 初版発行

発行者　青柳昌行
発行　株式会社 KADOKAWA
〒102-8177 東京都千代田区富士見2-13-3
（ナビダイヤル）0570-002-301
デザイン　島田絵里子
印刷所　凸版印刷株式会社
製本所　凸版印刷株式会社

ISBN978-4-04-736990-0 C0193

定価はカバーに表示してあります。
◇◇◇

今宵、ロレンツィ家で
甘美なる
忠誠を
恋のはじまりは銃声から
孤独な少女と
美しきマフィアの危険な初恋！
深見《ふかみ》アキ
イラスト／冬臣《ふゆおみ》

ビーズログ文庫
なんで私が政略結婚!?
そんなキャラ全力回避で幸せな結婚目指します!
私はご都合主義な解決担当の王女である
story Mamecyoro
Illustrator Mitsuya Fuji
FLOS COMICにて
コミカライズ連載中!
まめちょろ
イラスト/藤末都也《ふじみつや》
試し読みは
ここを
チェック★
①～④巻、
好評発売中!
(④巻は
電子限定版)
BL小説の世界に転生した元女子高生(腐女子)の王女オクタヴィア。お世継ぎ問題回避のため、政略結婚を阻止して幸せな結婚を目指すが……!?

ビーズログ文庫
身代わり婚約者なのに、
銀狼陛下が
どうしても離してくれません！
獰猛なはずの銀狼陛下が、わんこのように懐いてきます!?
くりたかのこ
①～②巻、好評発売中!
イラスト／くまの柚子《ゆずこ》
試し読みはここをチェック★
国王の婚約者である妹が失踪し、身代わりとして王宮へ上がることになった伯爵令嬢アイリ。暴君と噂される彼と一夜を共にすることになり絶体絶命！　だがアイリを見た瞬間、「もっと撫でてほしい」と懐いてきて!?